变化的位面

［美］厄休拉·勒古恩 —— 著　　梁宇晗 —— 译

四川文艺出版社

图书在版编目（CIP）数据

变化的位面 /（美）厄休拉·勒古恩著；梁宇晗译
. -- 成都：四川文艺出版社，2018.12
书名原文：Changing Planes
ISBN 978-7-5411-5129-3

Ⅰ.①变… Ⅱ.①厄… ②梁… Ⅲ.①科学幻想小说—小说集—美国—现代 Ⅳ.① I712.45

中国版本图书馆 CIP 数据核字（2018）第 216412 号

CHANGING PLANES
by Ursula K. Le Guin
Copyright © 2003 by Ursula K. Le Guin
Simplified Chinese translation copyright © 2018
by Ginkgo (Beijing) Book Co., Ltd.
Published by arrangement with Curtis Brown Ltd.
through Bardon-Chinese Media Agency
ALL RIGHTS RESERVED
版权登记号 图进字：21-2018-412

BIANHUA DE WEIMIAN
变化的位面

[美]厄休拉·勒古恩 著
梁宇晗 译

选题策划	后浪出版公司
出版统筹	吴兴元
编辑统筹	梅天明
责任编辑	苟婉莹　卢亚兵
特约编辑	王介平
装帧制造	墨白空间·张静涵
营销推广	ONEBOOK
出版发行	四川文艺出版社（成都市槐树街 2 号）
网　　址	www.scwys.com
电　　话	028-86259287（发行部） 028-86259303（编辑部）
传　　真	028-86259306
邮购地址	成都市槐树街 2 号四川文艺出版社邮购部 610031
印　　刷	北京天宇万达印刷有限公司
成品尺寸	143mm×210mm 1/32
印　　张	7.75　　　　　　　字　数　160 千字
版　　次	2018 年 12 月第一版　印　次　2018 年 12 月第一次印刷
书　　号	ISBN 978-7-5411-5129-3
定　　价	39.80 元

后浪出版咨询（北京）有限责任公司 常年法律顾问：北京大成律师事务所
周天晖 copyright@hinabook.com
未经许可，不得以任何方式复制或抄袭本书部分或全部内容
版权所有，侵权必究
本书若有质量问题，请与本公司图书销售中心联系调换。电话：010-64010019

目 录

1 作者按

1 席达·杜利普位面转换法
6 伊斯拉克粥
18 阿苏努的静默
29 宾至如归:做客赫奈比特
40 维克西之怒
50 安萨的季节
75 社会性的梦境
88 海根的王室

103　玛西古的悲哀故事
128　大快乐
147　永醒之岛
161　恩纳·穆穆伊的语言
177　建筑
191　吉亚的飞人
210　不朽者之岛
226　尤尼的混乱

作者按

在这本书写作的年代，乘飞机旅行的苦难似乎全都由那些运营机场以及航线的公司所造成，山洞里留着大胡子的偏执狂们对此尚无什么贡献。那时候对此大加讽刺相当简单。毕竟这最多只能算是不适。世易时移，但席达·杜利普位面转换法的基本原则仍然成立。错误、恐慌和痛苦均同为发明之母。正因为人的身体受到诸多限制，才会更了解和珍视心灵的自由。

席达·杜利普位面转换法

  飞机本身可以抵达的范围——几千英里,地球另一边;椰子树、冰川、两极、波兰、喇嘛、羊驼,等等——对那些知道如何使用方法的人来说,有限得令人同情,和机场带来的广阔空间和各式各样的经验无法相比。
  飞机里地方狭小,人潮汹涌,燥热,吵闹,细菌滋生,令人心惊胆战而又烦闷不堪,并且会在极其不恰当的时间送上难以下咽的食物。尽管机场的空间略大一些,不过那种拥挤、糟糕的空气、噪音和无休无止的紧张感则是完全一样的,而食物则更加糟糕,永远都是炸得焦硬如煤块的东西,而且,仅有的可以吃东西的地方无一例外地极其压抑沉闷。在飞机上,所有人都被一条带子捆在座位上,只有很短的时间可以离开座位,这段时间一般用于排队等候卫生间的使用权。就在放水的欲望即将得到满足的那一刹那,扬声器又响了起来,将他们赶回座位,重新用带子捆好。在机场里,拖着大量行李的人们在无尽的走廊中来回奔跑着,正如得到了魔鬼赠送的假地图的可悲灵魂们，疯狂地搜寻着从这地狱中逃出去的出口。还有一些坐着的人观看着这些狂奔者的可笑行为。他们坐在固定在地板上的椅子上面，大有把板凳坐穿的毅力，否则就会加入狂奔者的行列。总而言之，机场和飞机没什么不同，这与一个粪池的底部与另一个粪池的底部没什么不同是一个道理。

假如你和你搭的飞机都准时到达了机场，那么你在机场的遭遇就不过是一个短暂、松散而悲哀的序章，预示着漫长、紧张而悲惨的飞行过程。但是，有很多情况可以让这个事实发生转变，例如：虽然你已到达机场，但你要转乘的班机还有五个小时才会到达；或者你搭乘的前一架班机晚点，致使你没有搭上转乘的班机；或者是欲转乘的班机晚点；或者由于另一航班的工作人员罢工要求提升薪水，而政府尚未派出国民警卫队以消除该事件对国际资本主义的威胁，结果造成你搭乘的航班要接待比平时多一倍的乘客；或者由于龙卷风、雷暴、暴雪等天气原因；或者由于飞机上缺少了一些零件；或者由于其他借口（这样的借口有很多，总的说来航空公司是没有任何责任的，并且他们从来不会向任何人解释）。这样一来，那些本来应该前往其他地方的人们就不得不无聊地坐在候机厅里，无法前往任何地方。

在这种情况下——事实上这才是事情的正常状态——机场不再是旅行的一个序章，不再是一个用于过渡的地点：它成了一个停顿、阻塞，就如同一块不能顺利排出的大便。机场这个地方的意义就在于如果你进入机场，你就不能去别的地方。在这里，时间不再流逝，所有的希望也都失去了意义。这是一个终点。除了作为一班班飞机之间的中转站以外,机场对于人类没有丝毫用处。

正是辛辛那提的席达·杜利普首先意识到了这一点,因而发明了我们大部分人现在所使用的位面旅行技术。

她要搭乘的从芝加哥飞往丹佛的班机由于某种不可言说的——或至少是没有人去言说的——飞机机械故障而延迟了。最初大屏幕上显示此班机一点十分起飞,这已经晚了两个小时。等到一点五十五分的时候,屏幕上的起飞时间又改为三点整。后来,班机列表上干脆就没有这班飞机了。登机口处也没有负责回答问题的工作人员。咨询处前面排起的队伍足有八英里长,仅比卫生间前面排的队伍略短一点。席达·杜利普站在肮脏的塑料收银台旁边吃了一餐几乎没法下咽的午饭,这是因为仅有的餐桌全部被悲惨地哭叫着的小孩、威吓小孩的父母以及身穿短裤、背心,脚穿人字拖的大个子长头发年轻人所占据。当地的报纸她早已读过数遍,有一篇社论鼓吹应拨出教育预算来建造更多的监狱,还有一篇赞扬了政府最近对个人收入超过罗马尼亚全国收入的公民们的减税行为。机场的书店根本不卖书,卖的都是畅销书,席达·杜利普对于这类东西向来不敢尝试,它们会给她带来相当严重的不适。她在一张金属椅腿固定在地板上的蓝色塑料椅子上坐了超过一个小时,处在一排坐在金属椅腿固定在地板上的蓝色塑料椅子的人之中,对面也是一排人坐在金属椅腿固定在地板上的蓝色塑料椅子上。这个时候,按照她后来的话说,"我发现了。"

她发现只要经由某种扭动加上平顺地弯曲——做起来比

说起来还要简单得多,她就可以去任何地方——身在任何地方——这是因为她**已经在班机/位面之间了**[1]。

她发现自己身在斯特拉普瑟斯,这是一个容易到达,虽然有点三维空间的感觉,不过风景还是很秀丽的位面,有很多海龙卷风和火山。时至今日,这里仍然是初出茅庐的旅行者最青睐的位面之一。由于席达当时没什么经验,生怕会错过航班,所以只在那里停留了一两个小时就返回了机场。她立刻发现,在这个位面上的时间并没有改变。

她兴奋地再次溜出机场,这一次她来到了德尤。她在那里的一座由位面管理局运作的小旅馆里住了两夜,她的房间有一个大阳台,可以俯瞰琥珀色的索梅海。她在海滩上漫步,在凉爽、有浮力的金色海水中游泳——"就像在兑了苏打水的白兰地里游泳一样。"她说——而且还认识了另外一些从其他位面前来的游客。至于德尤的那些矮小温顺的土著,他们对其他人毫无兴趣,从来都不会到地面上来,只是整天待在棕榈树的树冠上,讨价还价、闲聊、唱着节奏欢快的情歌。等到她不情愿地返回机场时,时间只过了不到十分钟。后来她乘坐的班机很快就可以登机了。

她飞往丹佛是为了参加她妹妹的婚礼。归途她在芝加哥又错过了换乘班机,结果在楚姆待了整整一周,此后她也经常返

---

[1] 英文"位面"与"飞机"均为 plane,这就是本书作者将位面与机场联系起来的原因。

回那里。她从事广告方面的工作，经常要到处飞来飞去，现在她的楚姆语说得和当地人一样流利。

席达教了几个人如何转换位面，我幸运的是其中的一员。于是这个方法逐渐从辛辛那提传播出去了。另外，我们这个位面上也许还有其他人自主摸索出了这个方法，因为现在看来似乎有许多人都正在进行各种实践，有些人还是误打误撞。我们可以在各种各样的地方看到来自我们位面的人。

我待在阿苏努的时候见过一个来自坎登希安位面的人，这个位面与我们的位面很相似，不同之处就是它只有多伦多那么大。此人告诉我，在坎登希安位面，一个人若想变化位面的话，只需吃两棵莳萝泡菜，然后把裤带勒紧坐在一张硬的靠背椅上，必须坐直，不能让后背碰到椅子的靠背，然后每分钟呼吸十次，坚持十分钟。比起我们的方法来，这个方法简单多了。我们（我是指我没有在旅行的时候所在的那个位面的人们）似乎只有在机场里才能变化位面。

很早之前，位面管理局就已经确认，若某人想做穿越位面的旅行，就必须要有相当程度的紧张、悲哀、消化不良以及厌倦情绪才可以。不过，大部分位面上的居民用不着经受像我们这种苦刑。

以下的报告和记述都是描写其他位面的，或是由我的朋友们所写，或是由我自己的游览笔记和各种图书资料整理而得。这些东西或许可以引起读者们对于位面旅行的兴趣。就算不行，至少也可以帮助你在机场度过一个小时的时间。

伊斯拉克粥

必须承认，席达·杜利普发明的位面转换法并不是完全可靠的。有些时候，你会发现你所在的位面并不是你想去的那一个。如果你旅行的时候总是随身携带罗南的《位面速查手册》，你就可以在到达一个位面时，迅速查阅当地的资料，不过罗南也并非总是可靠的。但是多达四十四卷的《位面百科全书》又不便携带，而且，说到底，除非什么东西彻底死掉了，否则不可能完全靠得住。

我是在无意中来到伊斯拉克的，那时候我没有太多经验，还不知道要把罗南塞进我的旅行箱里。位面旅行者宾馆中倒是有一套《百科全书》，但被送去重新装订了，据他们说，是因为熊把书上用来装订的胶水都吃了，整套书散成一页一页的。我想伊斯拉克的熊还真是很奇怪，但我不想去询问这件事。我仔细检查宾馆的大堂和我的房间，想看看是否有熊潜伏在阴暗的角落。鉴于宾馆景色优美，主人热情好客，故而我决定既来之则安之，在伊斯拉克停留一两天。后来我就开始翻阅房内书柜里的书籍,试用内建的阅读器,差不多已经把关于熊的事儿给忘了,这个时候,我发现压书具的后面有什么东西正在疾走。

我将压书具移开,看到了那个疾走的生物。它身上长着黑色的毛皮,但却有一条又长又细,看起来很像金属丝的尾巴。尾巴忽略不计,它的身体约有六到八英寸长。我不想和它共用我的房间,但我也很讨厌向陌生人抱怨——只有向真正熟悉的人才可以舒服地抱怨——所以我只是把压书具放回原处,挡住了那个小动物逃入的洞口,然后就下楼去用餐了。

这座宾馆采用家庭式的服务风格,所有的住客都坐在一张长餐桌两旁。他们来自数个不同的位面,但晚宴上的气氛非常融洽。我们可以通过翻译器的帮助两两进行交谈,如果参与谈话的人太多,翻译器的线路就会过载了。我左边的邻座是一位肤色红润的女士,她说她来自一个叫作阿耶斯的位面,而且经常和她丈夫一起来伊斯拉克。于是我就问她对于这里的熊有什么了解。

"哦,"她微笑着,点着头说,"它们基本是无害的。但它们可真是些小坏蛋啊!总是弄坏书籍、舔信封,还若无其事地钻进被子里!"

"钻进被子里?"

"是的,是的。它们以前是宠物。"

她丈夫也将身子倾斜过来加入我们的谈话。他是一位肤色红润的男士。"泰迪熊。"他微笑着用英语说,"是的。"

"泰迪熊？"

"是啊是啊，"他说，在此之后又不得不改用他自己的语言，"泰迪熊是一种孩子的小宠物，难道不是这样吗？"

"但它们不是活的动物呀。"

他看起来非常不安。"是死的动物？"

"不是——是填充起来的动物——玩具——"

"是的，是的。玩具。宠物。"他微笑着，点着头说。

然后他谈起了他在我那个位面的见闻：他曾经去过旧金山，而且非常喜欢那里。话题也从泰迪熊转到了地震。他经历过一场5.6级的地震，按照他的话说，那是"一种非常奇妙的经验，非常令人愉快"。他本人、他的妻子还有我都笑了起来。他们积极乐观，人很和善，真是一对很不错的夫妻。

回到房间之后，我把自己的旅行箱按到压书具旁边，堵住了墙上的洞。然后，我躺在床上，暗自期望那些泰迪熊没有为它们的洞开一个后门。

这天晚上，没有任何东西偷偷钻到我的被子里。我醒得很早，先前从伦敦飞往芝加哥使我有了时差反应，不过正因为这次西行的航班延迟，才使我能够来这里度假。太阳刚刚升起，这是个温暖而可爱的早晨。我从床上爬起来，走到户外呼吸新鲜空气，顺便观赏伊斯拉克位面斯拉斯城的美景。

如果这座城市是在我的位面上，它也许算得上是个大城市，在我看来并没有什么异国情调，只有一点不太一样，那就是建筑物的风格和大小更为混杂。我们通常将壮丽的高楼大厦建在城市的中心，周围都是最漂亮的街道，而矮小粗陋的建筑则建在郊区或贫民区里。但在斯拉斯的住宅区中，高楼大厦却和矮小的茅舍挤在一起，其中最矮小的房子简直比兔子笼大不了多少。我又向城市另一边的商业区走去，在那里，我发现各种办公楼在大小上也有非常巨大的差异。一座四层高的花岗岩建筑比附近的一座十层楼还要高出许多，因为那座十层楼一层只有五到六英尺高——堪称袖珍版摩天大楼。但是此时路上已有不少伊斯拉克人，与建筑相比，他们令我困惑多了。

他们每个人的身材、肤色和体型都有着巨大的差异。一个起码有八英尺高的女人从我身边走过，她是一个清洁工人，正在繁忙且优雅地打扫人行道上的灰尘。她腰带后面插着一个带有一大串羽毛的东西，看起来就像鸵鸟的尾巴，我猜测那可能是一把备用的扫帚或者掸子。这时又有一个生意人大步走来，他通过设在耳朵、嘴唇和眼镜左边的镜片中的某种插件设备连入了计算机网络，一边研究市场报告，一边谈论着什么。他大约只到我腰部这么高。四个小伙子走过街道另一边的人行道，他们没什么奇怪的地方，除了长得完全一样之外。这时我又看到了一个背着小书包去上学的小孩。他用四肢行走，事实上，他的双手还戴着皮革制成的手套或靴子，以免它们在人行道上划伤。他面色苍白，眼睛细小，并且还长了一个猪拱嘴，但是非常可爱。

一个公园附近的咖啡馆引起了我的注意。尽管我对伊斯拉克风格的早餐一无所知，但我已经很饿了，只要它能吃就行。

咖啡馆的女侍年约四十岁，看起来有点疲惫，没什么特点，除了一头编成辫子、浓密美丽的黄发之外。"请告诉我外地人通常吃什么早餐。"我说。

她大笑起来，然后露出一个亲切的微笑，通过翻译器对我说："哦，外地人吃什么应该是你告诉我啊。我们吃克莱迪夫，或者克莱迪夫加水果。"

"那就克莱迪夫加水果好了。"我说。很快她就为我送上了一盘看起来很美味的水果，以及一大碗淡黄色稀粥，这种粥表面平滑，像浓厚的奶油一样，温度适中。听起来很可怕，但非常美味——它味道清淡但却微妙，很容易喝下肚子，没什么刺激性，很像牛奶咖啡。女侍在旁边观察着我的反应，试图推断我是否喜欢。"很抱歉，我没想到要问问你是否吃肉，"她说，"喜欢吃肉的人早餐一般吃卡利斯，或是克莱迪夫加碎肉。"

"这个就很不错了。"我说。

咖啡馆里没有其他人，而我和她之间相互也生出了几分好感。"我能问问你是从哪来的吗？"她问，于是我们便开始交谈了。她的名字叫作艾·里·阿·蕾。我很快就意识到，她不但非常聪明，更受过高等教育。她拥有植物病理学的学位——但据她所说，能得到女侍的职位已经算是幸运了。"自从禁令颁布之后。"她耸肩说道。在意识到我并不知道所谓的禁令究竟是什么之后，她打算告诉我，但这时来了几位其他客人，一个健壮如牛的男人占据了一张桌子，两个老鼠似的女孩则坐在另一张桌旁，她不得不去招呼他们。

"希望我们能继续谈，"我说。她亲切地微笑着告诉我："那好吧，如果你十六点钟的时候过来，我就可以坐下来跟你谈了。"

"我会的。"我是这样说的，也是这样做的。我在公园附近转了一圈，然后回宾馆吃了午餐并小睡，下午时分，我登上单轨铁路列车再度前往市区。我从未看到过集中在一车之内但差异却如此之大的人群——身材、身高、颜色都各自不同，并且有些人长着毛发，有些人则长着毛皮甚至羽毛（我这时才意识到那个扫街女人的尾巴真的是尾巴）。我看到一个瘦瘦高高，绿色皮肤的年轻人。他耳朵上面那东西难道不是树叶么？温暖的风从开着的窗子吹进车内，他在风中喃喃自语着。

不幸的是，所有伊斯拉克人的唯一共性就是贫穷。这座城市显然在不久之前还非常繁荣。单轨铁路是个时髦的工业设计，但这些设施现在看来却已经老化得很厉害了。残存的老房子是以我所熟悉的尺度建造的，它们虽然宏大华美，但却已年久失修。城市被更多新盖的建筑所挤满：大如巨人的房子，小到玩具的房子，以及看起来很像马厩、牛棚、兔子笼的各种建筑——一个可怕的大杂烩，所有这些建筑看起来都是造价低廉，摇摇欲坠，质量低劣。至于伊斯拉克人本身，如果不是干脆衣不蔽体，至少也都是衣衫褴褛。一些长着皮毛或羽毛的人甚至都不穿衣服了。那个绿色的小伙子穿着一件遮羞围裙，但他粗糙的树干和肢体都是赤裸的。这是一个深陷于可怕的经济危机的国度。

艾·里·阿·蕾坐在她当女侍的那家咖啡馆（克莱迪夫店）

旁边的一间店外面的一张桌旁。她对我微笑着，示意我过去，于是我坐在她身边。她正在吃一碗加了甜味料的冷克莱迪夫，我也要了相同的食物。"请告诉我关于'禁令'的事。"我对她说。

"我们以前的样子和你是一样的。"她说。

"发生了什么事？"

"呃，"她犹豫了一下，"我们喜欢科学。我们喜欢工程学。我们是非常棒的工程师。但也许我们不是非常棒的科学家。"

简要叙述一下她的故事：伊斯拉克人在应用物理学、农学、建筑学、城市发展学、工程学等方面非常强大，并且能够发明出各种各样的东西，但他们的弱势在于生命科学、历史学，并且不能将知识有效地组织起来成为一个体系。他们有类似爱迪生、福特的人物，却没有类似达尔文、孟德尔的人物。到了他们拥有类似我们这里的机场的时候，他们也开始学会了在位面之间旅行。大约一百年前，他们的一位科学家在某个位面上发现了应用基因技术。他将这技术带回了伊斯拉克。这项崭新的技术迷住了所有人。他们很快就掌握了它的基本原理。或者，也许在他们开始将基因技术应用于他们所知的所有生命形式之前，他们并没有完全掌握它的基本原理。

"最初，"她说，"基因技术是应用于植物上面。将各种粮食作物变得更为丰产，或让它们抵御细菌、病毒，杀灭害虫，等等。"

我点点头。"我们也在做同样的事情。"我说。

"真的吗？你是……"她似乎不知道该怎么开口提出她想问的问题，"我自己就是玉米。"最终，她害羞地说。

我检查了一下翻译器。乌斯鲁：玉米，玉蜀黍。我又看了看字典，上面说伊斯拉克的乌斯鲁和我的位面上的玉米是同一种植物。

我知道，玉米有一个奇怪的特点，那就是它没有野生品种，只有一种野生的远祖，你永远不会认出那就是玉米的原始形象。玉米这种作物是古代的采集者和农夫经过长期培育而成的完全人工品种。一个早期的基因奇迹。但这与艾·里·阿·蕾又有什么关系呢？

艾·里·阿·蕾头上美好浓密的金黄色、玉米色头发，她用头绳将它们编成一条条辫子……

"只占我基因的百分之四，"她说，"还有大约千分之五的鹦鹉基因，不过是隐性的。感谢老天。"

我仍然在试着理解她告诉我的事情。我想，她一定感觉到我震惊的沉默已经回答了她的问题。

"他们完全不负责任，"她的声音突然高亢起来，"他们想把所有的东西都变得更好，一群自以为是的傻瓜。他们解开了所有基因的锁链，让各种生物自由异种交媾。仅在十年之内就完全消灭了水稻。他们培育的品种根本就不能出产大米。发生了可怕的饥荒……蝴蝶，我们以前有蝴蝶，你们有吗？"

"还有一些。"我说。

"那迪莱图呢？"我的翻译器告诉我，那是一种会鸣叫的萤火虫，现已灭绝。我惆怅地摇摇头。

她也惆怅地摇摇头。

"我从没见过蝴蝶和迪莱图。只有图片……那些能杀虫的植物把它们……但那些科学家没得到任何教训——没有！他们开始改造动物。改造我们本身！能说话的狗，会下棋的猫！拥有各种天赋，不会生病，能活五百年的人类！他们做的都是这些，噢，是的，他们做的都是这些。到处都是会说话的狗，它们简直烦死人了，到处走来走去，交媾、拉屎，到处都是它们的腥味，还不断地问'你爱我吗，你爱我吗，你爱我吗'。我真受不了会说话的狗。我的狮子狗罗佛，他就一句话都不说，愿上帝保佑他善良的灵魂。接下来就轮到人类了！我们永远、永远都摆脱不了总理。他是个"健康者"，是个该死的GAPA。他现在九十岁了，看起来跟三十岁一样，而且还将继续看起来像三十岁，继续做整整四个世纪的总理。他是个彻头彻尾的伪君子，贪婪、愚蠢、卑鄙、下流的骗徒。这样的一个家伙整整五百年都会繁衍后代……'禁令'不能在他身上生效……但我并不是说'禁令'是错误的。他们不得不做些事情。五十年之前，事情已经很糟糕了。那时候他们才发现，基因黑客已经渗透进了所有的实验室，半数的技术员都是生物科技的狂热信徒，而在东半球的秘密工厂中，圣子教的人疯狂地将所有的基因混合在一起……当然那些产品大部分都是不能存活的。但是也有很多遗留了下来……那些黑客精于此道。鸡人，你肯定看过吧？"

她问这个问题的时候，我意识到我的确看到过：一些蹲伏着的矮小人类,咯咯叫着在十字路口挤成一团,所有的车辆都被迫避让他们,造成巨大的交通堵塞。"他们让我想哭,"艾·里·阿·蕾说,看起来的确想哭。

"这么说来禁令阻止进行进一步的实验?"我问。

她点点头。"是的。事实上,所有的实验室都被炸掉了。生物科技的信徒被送到沙漠去接受劳动教养。所有圣子教的教父都进了监狱。我猜大部分教母也一样。基因学家全部被枪毙。尚未完成的实验品全部被毁。至于产品也会被毁,如果他们——"她耸耸肩,"'和正常人的差距太大'。正常人!"她怒火中烧,尽管她开朗的面容并不适合这个表情。"我们根本就没有正常人了。我们也没有任何物种了。我们是一锅基因的大杂烩。我们种下的是玉米,长出的却是气味像氯气而且能杀象鼻虫的苜蓿。我们种下的是橡树,长出的却是高达五十英尺、树干粗十英尺的毒橡。还有,我们做爱的时候,我们不知道我们会生出什么东西来,也许是婴儿,也许是马驹、小天鹅、树苗。我的女儿——"她停了下来。她的面容激动地颤抖着,在她再度开口说话之前,她不得不抿紧嘴唇。"我女儿生活在北海里。她依靠生鱼维持生命。她很美。她又黑又光滑,非常美。但是——在她两岁的时候,我不得不将她带到海岸边。我不得不把她放进冰冷的海水和汹涌的大潮中。我不得不让她自己游走,让她一个人去面对一切。但是她也是人类!她,她也是人类啊!"

她已经在哭了,我也一样。

过了一会儿,艾·里·阿·蕾继续将他们的历史讲给我听。"基因崩溃"造成了重大的经济危机,而"禁令"中的"基因纯洁性条款"又加深了经济危机的程度,这一条款限定,只有拥有99.44%人类基因的人才能从事专业性工作或在政府部门中就职——"健康者""正义者",以及其他的GAPA(经非常时期政府核准的基因改进产品)例外。这就是她现在只能做女侍的原因。她有百分之四的基因是玉米。

"在我那里,曾经有很多人将玉米当作神圣的植物来崇拜,"我说,但就连我自己也不知道我在说些什么,"它真的是一种很美的植物。我喜欢所有用玉米做的东西——玉米糊、玉米饼、玉米面包、墨西哥玉米粉薄饼、玉米罐头、奶油玉米、玉米粒、玉米粉、玉米酿威士忌、玉米浓汤、玉米棒、墨西哥粽——所有的玉米都很好。都很好、很亲切、很神圣。我希望你不会介意我谈论怎样吃它!"

"老天啊,当然不会,"艾·里·阿·蕾微笑着说,"你以为克莱迪夫是用什么做的?"

过了一会儿,我询问她是否知道泰迪熊的事。显然她并不明白这个词组是什么意思,不过在我向她描述了书柜里的那个生物之后,她点点头——"哦,知道!书虫熊。以前,基因设计者们试图改进所有东西的时候,他们把熊缩小,作为孩子们的宠物。就像填充玩具,只不过它们是活的。它们的性格设定为顺从、可爱。但是,他们用来将熊缩小的基因有一部分是来自于昆虫——跳虫和其他蠼螋。于是这些熊开始吃孩子们的书。

晚上它们本应钻进被子里陪孩子们睡觉，但它们没有这么做，反而一直在吃书。它们喜欢纸和胶水。等到它们繁衍后代的时候，它们的子孙生出了像电线一样又长又硬的尾巴，以及类似昆虫的下颚，所以它们不再适合做孩子的宠物了。但是那时，它们已经逃进了木制品之间，或躲在墙壁中……有些人把它们叫作蠼螋熊。"

在那之后我曾几次返回伊斯拉克，去探望艾·里·阿·蕾。这个位面并不能让人开心，也不能令人安心，但为了看到那亲切的微笑，那美丽的金黄辫子，为了与那位玉米女子一起喝玉米粥，要我去更糟的地方我也愿意。

阿苏努的静默

阿苏努的静默广为人知。最初来到这个位面的游客确信，这些态度亲切、身材纤细的人都是哑巴，除了手势、表情和眼神之外，没有任何表达自己的方法。后来，他们听到阿苏努的小孩叽叽喳喳地吵闹，访客们又怀疑阿苏努的成年人之间也会交谈，只是在外人面前才闭口不语。我们现在知道阿苏努人并不是哑巴，但在儿童期过后，他们就很少说话了，无论对方是谁，也不管所处环境如何。他们也不写字，而且与哑巴和发下静默誓言的僧侣不同，他们不使用任何信号系统或其他装置来表达自己。

总的来说，他们几乎不使用语言，而这个特点让他们非常引人注目。

与动物一起生活的人都会理解不能说话的好处。当你的猫走进房间的时候，你知道他不会介意你的任何缺点，你也可以将自己所受的委屈告诉你的狗，而不必担心他会把你说过的话告诉让你难受的人。这真是太美妙了。

比起我们这些普通人来说，那些不能说话，或者能说话却不说的人有一个很大的长处，那就是他们绝对不会说蠢话。这也就使我们确信，一旦他们开口讲话，一定会说出一些非常睿智的格言。

因此，来到阿苏努的游客非常多。拥有好客传统的阿苏努人慷慨而又礼貌地招待这些访客，但并没有因此而改变他们自己的风俗。

有些游客去那里只是为了和当地人一起陷入静默，享受几个星期的宁静生活，因为在这里他们不必见到每一个人都要打招呼并且说一堆废话。许多这样的游客都被当地人的家庭所接受，作为一名房客，每年都会回到同一个家庭去住几个星期，与安静的主人形成了一种默契。

另一些人则整天跟着阿苏努向导或是主人，不停地对他们说话，将自己的整个人生都向他们倾诉出来。这些游客非常兴奋，因为他们终于找到了一个完美的聆听者，不会打断、不会乱发表评论、也不会提起他的表弟肿瘤比较大什么的。这种类型的游客一般都不了解阿苏努人，说话的时候完全是使用他们自己的语言，因而他们显然不会为这个使某些游客困惑的问题而感到担忧：阿苏努人并不说话，那么，他们有没有在聆听呢？

他们确实能够听到并理解那些以他们自己的语言对他们说出的话，因为在他们的小孩向他们提问时，在游客结结巴巴、发音错误地向他们询问方向时，以及在有人呼喊"着火啦！"的时候，他们的反应都很快。但是，这个问题仍然没有得到解答，他们是否会聆听漫无目的的闲话和社交辞令？或者，他们虽然听到了这些，但他们却安静地将注意力集中在某种高于闲谈的东西之上？在某些观察者看来，他们亲切随和的态度只不过是某种深藏的专注、永恒的警觉所显露出来的表象，就像一位正在招待客人或服侍丈夫的母亲在做这些事情的同时，每时每刻都在聆听另一个房间中的宝宝是否在哭叫。

因此，为了更深入地研究阿苏努人，他们的沉默不可避免地被理解为一种伪装。他们随着年龄增长，说的话就逐渐减少，这似乎证明他们逐渐将注意力转向了某种我们听不到的东西，那些被他们的沉默所掩盖的秘密。

某些访问这个位面的人确信，阿苏努人的嘴唇被一种神秘的知识锁住了，而且，依照它掩藏的方式来看，这知识一定是非常有价值的——一种精神上的财富，一种高于语言的语言，甚至也许正是许多宗教都曾许诺过的最终启示，虽然曾经多次被讲述出来，但从来都不能够让人完全理解。这种超然的知识是不能用语言表达的。也许这正是阿苏努人尽量避免使用语言的原因。

也许他们保持安静的原因是，一旦他们开口说话，就会说出所有重要的事情。

一些"阿苏努的秘密智慧"的信徒曾经连续数年跟随某个阿苏努人，等待那些从他们口中说出的稀少话语，然后立刻将它们记下来，对它们进行研究、分析和排序，寻找其中的秘密含义和数理巧合，以期发现那掩藏的信息。然而，某些人认为，虽然阿苏努人的话语确实稀少，但它们却未必具有我们想象的那种重要程度。它们甚至可以用一个词来概括，那就是无聊。

阿苏努人的语言没有文字形式，而对口头语言的翻译也是非常不准确的，因此，位面旅行者机构并不会为普通的游客提供翻译器，事实上，大多数人也不需要它。至于那些希望学习阿苏努语言的人，他们只能靠聆听并模仿小孩子们所说的话来达成目标，而六七岁的孩子就不太愿意回答问题了。

下面是《伊苏部族长老的十一句箴言》，是由来自俄亥俄州的一名信徒在超过四年的时间中所搜集的；这位志愿者在此前已经用了六年时间来从伊苏部族中的小孩那里学习语言。在每句箴言之间都有长达数月的静默，而在第五句和第六句之间，沉默更长达两年。

1. 不在这里。
2. 差不多准备好了［或］快点做好准备。
3. 出人意料！
4. 永远不会停止。
5. 是的。
6. 什么时候？
7. 很好。
8. 也许。
9. 很快。

10. 热！［或］很温暖！

11. 不会停止。

将这十一句话记录下来的信徒认为，这是长老在生命中的最后四年里，一点点说出的一个连贯的、关于宗教的陈述，或者说遗嘱。该人依照这个前提，将伊苏部族长老的话语理解为如下意义：

（1）我们所找寻的真理并非存在于凡人的生命之中。我们在皮囊之中生存，活在上帝真理的边缘。（2）我们必须准备好接受它，因为它已经准备好接受我们，而（3）它会在我们最意想不到的时候降临。我们将会顿悟到真理，它就像一道闪电一样照亮我们的脑海，但（4）真理本身是永恒不变的。（5）确实，我们必须积极、充满希望地等待，不能有丝毫的怀疑与动摇，（6）不断询问，究竟什么时候，我们才能找到我们所渴求的真理？（7）因为这真理是治愈我们灵魂的良药，将我们带向纯粹良善的知识。（8，9）它可能很快就会到来。也许就在此刻，它正在走向我们。（10）它如同阳光一样温暖明亮，但太阳终将落山（11）而真理永存。它的温暖、明亮与善意永远不会消减，永远不会背弃我们。

这名来自俄亥俄的信徒——他的耐性或许只有长老本人才

能与其相比——同时也忠实地记录了长老说这些话的具体情况。结合环境来看，长老的"箴言"也可以有另一种新的解释方法。

  1. 这句话是长老翻找一个装满了衣物和饰品的箱子时低声说的。

  2. 这句话是在一场仪式之前的早晨，长老对一群孩子说的。

  3. 这句话是长老的一个妹妹在长期的旅行之后返回部族营地时，长老出来迎接她，并笑着对她说的。

  4. 这句话是长老在她的一个姐姐举行葬礼之后的第二天说的。

  5. 这句话是在葬礼之后的某一天，长老拥抱着她的姐夫说的。

  6. 这句话用于询问一位阿苏努"巫医"，后者当时正在用白色和黑色的沙子为长老绘制一张"灵体图"。这种图画似乎拥有治疗和诊断两方面的意义，不过我们对它所知甚少。观察者陈述，那名巫医对此问题的回答，就是从"灵体"的中心部分向外画了一条短弧线。不过，这可能只是观察者的解读，其实那根本不是回答。

  7. 这句话是长老看到一个孩子编成了一张苇席时说的。

  8. 这句话用于回答长老的一个孙辈孩子所提出的问题："你会参加宴会吗，祖母？"

  9. 这句话用于回答同一个孩子的问题："你会像姨婆那

样死掉吗？"

10. 说这句话的时候，长老附近有一个蹒跚学步的幼儿正走向一个喷火口，而那里的火焰在阳光下是无法看到的。

11. 这是长老的最后一句话，是在她去世之前的那一天说的。

最后六句话都是在长老生命中的最后半年说的，似乎死亡的临近让长老变得有些唠叨了。这十一句话中有五句话是对处于说话年龄的孩子说的，或至少是在有小孩在场的情况下说的。

对于阿苏努人的小孩而言，听到成人开口讲话一定会在他们心目中留下很深刻的印象。阿苏努幼儿与外国语言学家一样，都是从较大的孩子那里学习语言的。他们的母亲以及其他成年人只是用聆听、表情等反应来鼓励他们，但自己绝大多数时间都不会开口。

阿苏努人生活在组织紧密的部族当中，不同的部族之间也有着相对密切的联系。他们依靠一种名叫阿纳玛努的动物生活，大群的阿纳玛努追逐着水草，为人们提供毛、皮、奶和肉。他们就在山脉与丘陵之间，过着季节性的放牧生活，永无休止地迁徙。部族中的人有时也会离开部族，孤身去漫游。在庆祝医疗、新生的重大节日或庆典中，许多部族都会聚集在一起，一同度过几天到几周的时间，相互表达自己的善意。在各部族之间似乎并无敌意存在，而确实，没有任何一个观察者曾见过成年的阿苏努人争吵或打斗。关于这个问题没有任何争论。

两岁到六岁的小孩总是不断地互相讲话；他们也会争论甚至吵架，有些时候还会打了起来。一旦他们到了六岁，他们说话就少了，吵架的次数也少了。到了八九岁时，他们中的大多数人就已经非常不善言辞，几乎不会开口回答问题，顶多只会以手势示意。他们学会了安静地避开提问的旅游者和带有笔记本以及录音设备的语言学家。到了青春期，他们就和成年人一样沉默、平和了。

照顾小孩的任务多由八岁到十二岁的孩子承担。每个部族中未到青春期的孩子们都聚集在一起，在他们当中，两岁到六岁的孩子将语言教给幼儿。更大些的孩子在牌戏或者捉迷藏的游戏中也会兴奋地叫喊，但只是一些没有意义的单音；而有些时候，当蹒跚学步的幼儿靠近危险地区时，他们会大喊"停！"或"不！"——就像伊苏部族的长老在幼儿靠近看不到的火焰时所说的"热！"。当然，长老也许是以当时的场景来做比喻，只是为了表达早已确定的宗教意义，至少，俄亥俄的那名信徒是这样认为的。

随着儿童的年龄增长，连歌曲都失去了它们原有的歌词。有一首孩子们游戏时唱的歌是有歌词的：

看我们，看我们，
要倒了，要倒了，要倒了，
我们大家要倒了，
倒在一起！

五到六岁的儿童将歌词传给更小的孩子们。而更大的孩子们则开心地玩着游戏，快乐地高喊着加入压在一起的孩子们中间，但他们不会唱出歌词，只用单调的单音唱出曲调。

　　成年的阿苏努人在工作、放牧、照顾小孩时也经常哼唱歌曲。有些曲调是前人传下来的，另外一些则属于即兴创作。很多歌曲都是基于阿纳玛努的鸣叫声而创作的。所有的歌曲都没有歌词，或是哼唱出来，或是仅用单音唱出。在各部族的聚会、婚礼或葬礼时，合唱队吟唱的歌曲富于韵律，分为复杂的多声部并且非常和谐、精妙。他们不使用任何乐器，只用人声。为了在仪式上表演，歌手往往要排练很多天。一些阿苏努人音乐的研究者认为，阿苏努人那特殊的超然智慧或知识只有用这些伟大的无词之曲才能得到表达。

　　而我更倾向于赞同另外一些曾长期与阿苏努人一起生活的人的看法，即，对于阿苏努人的部族来说，歌唱是那些神圣的场合所必需的一个元素，当然，也是一种艺术，一种喜庆的公共活动，也能够抒发感情，但没有别的了。对他们而言究竟什么才是神圣的，这个问题的答案仍然被掩盖在沉默之中。

　　小孩根据不同的关系来称呼他人，如母亲、叔叔/舅舅、姐妹、朋友等。也就是说，如果阿苏努人有名字的话，我们也并不知道。

　　在大约十年之前的寒冬时节，一个狂热信仰"阿苏努的秘密智慧"的人从高山上的一个部族中绑架了一名四岁的小女孩。

在此之前，此人获得了搜集珍稀动物的许可，因而，他便将小女孩装在一个标有"阿纳玛努"的笼子里走私到了我们的位面。他相信是阿苏努人的成人迫使孩子们不再说话，因此他计划鼓励这个小女孩说话，一直到她长大成人。他认为，一旦她成年，就可以说出那些本应在她族人的阻止之下无法说出的秘密智慧。

在第一年，她还愿意和绑架者交谈，因为他虽然犯下了如此残忍的罪行，但对她还是不错的。他的阿苏努语知识有限，而她见不到任何人，除了一小群经常来探望她并且崇拜地看着她、聆听她说话的信徒。她的词汇量和语法知识不但没有增长，反而开始减少了。她变得越来越沉默了。

遭受挫折的狂热者并没有就此放弃，他决定教她学说英语，使她可以用另外一种语言来表达她原初的智慧。我们现在只能研究他的报告，那就是她"拒绝学习"，当他试图让她重复他教的单词时，她或者不说话，或者只是用低得听不到的声音喃喃自语，而且"拒不服从"。他开始减少其他人来看她的次数。终于，这个小团体中的某人将此事向管理局报告时，孩子已经七岁了。她在一间地下室里整整待了三年。在其中最后的一年或更长时间，她经常遭到鞭答和殴打，绑架她的人解释说这是"为了教她学说话"，"因为她太固执了"。她不能再说话了，甚至见到人就会畏缩。她营养不良，饱受凌虐。

很快她就被送回家去了，她的家人已经为她而悲痛了整整三年，他们确信她早已葬身于冰川之下了。他们用混杂着欢乐与悲伤的眼泪欢迎她的归来。此后她的状况就不再为人所知了,因为位面管理局在她回家之后就封闭了前往阿苏努的通道,无论是旅游者还是科学家都不许进入该位面。此后阿苏努的群山之中再也没有外人的踪迹。我们尽可以猜测她的家人是多么的愤怒,但是他们并没有开口说一句话。

宾至如归：做客赫奈比特

我一般认为，看起来跟我并不相似的人实际跟我也不相似。相对于猜测本身的不确定性而言，这个猜测是足够合理的；但是我必须承认，看起来和我差不多的人实际可能与我完全不同，而且这个概念让我的脑子一时间难以转过弯来。

赫奈比特人看起来和我非常相像。也就是说，他们不仅在体型方面与我的位面上的普通人完全一致，而且也有手指、脚趾、耳朵以及其他所有的东西，要是你按照检查初生婴儿的方式给赫奈比特人做个检查，你会发现该有的东西他们一样都不少。同时，他们还有苍白的皮肤、暗淡的头发、棕色和绿色混合的近视眼，以及矮壮结实的身材，姿态相当糟糕。年轻人活泼敏捷，上了点岁数的人细心却健忘。他们是一群不敢冒险、胆小羞怯的人，他们喜爱美丽的风景，但看到陌生人就会转头跑开。他们实行一夫一妻制，工作中不辞辛劳，略微有些忧郁，但非常顾家。

当我第一次到达他们的位面，我立刻就有了宾至如归的感觉,而且赫奈比特人看到我并不会跑开——也许这是因为我不仅看起来像他们中的一员,甚至,从某种角度来说,行为方式也与他们一致。我在旅店里住了一周(不知道已经历经了多少劫的位面管理局在许多位面设立了旅店、客栈以及豪华宾馆,同时也将一些脆弱的地区封闭起来免遭外界侵扰),然后我搬到了一位孀妇的家中。我的房东太太依靠为房客提供房间和服务过活,除了我之外,其余三位房客都是当地人。房东太太、她两个十几岁的孩子、三位房客和我自己每天一起吃早餐和晚餐,我感觉自己就像是这个家庭中的一份子。他们都是亲切和善的人,而且南娜图拉太太的烹调技术非常棒。

赫奈比特语非常复杂,但在位面管理局提供的翻译器帮助下,我还能应付得了。我很快发觉我开始真正认识我的东道主了。他们并非不信任他人;他们在陌生人面前的害羞实际上只是保护隐私的一种手段。他们发现我不打算侵入他们的隐私,所以态度就柔和得多了。我告诉南娜图拉太太,我是真的想帮她一起做饭,她就很开心地收下了我这个厨艺的学徒。巴坦尼尔先生喜欢谈论政治,而我则是他忠实的听众(赫奈比特实行社会民主主义,政策的制定与实施均依靠大大小小的委员会,也许效率不算很高,但起码不是一场灾难)。我还与丹戈和安纳普这两位青春少年交换语言知识。丹戈的理想是成为生物学家,而她的兄弟则拥有语言方面的天分。我的翻译器很有用,但是,关于赫奈比特人的大部分知识,是在我教安纳普说英语的时候了解到的。

我与丹戈和安纳普交谈的时候还算轻松随意,但与成人交谈时总是会感觉到有些迷惑,有的时候我根本就不知道他们在说什么,似乎在他们谈论的内容中间有着非常强的不连贯性,极其难以理解。最初我以为这是因为我不能很好地掌握他们的语言,但事情并非仅仅如此。他们往往突然谈起与之前的话题毫不相关的事情。这种情况在我与同住的塔塔瓦老夫人交谈的时候表现得最为明显。一开始我们往往会聊起天气、新闻或是她的刺绣作品,一切都很正常,然后,她就会在一句话还没说完的时候突然改变话题。"我觉得对于这些形状奇特的空白地方来说,绣上叶子再合适不过了,但是把整座建筑都铺上小叶子,这可太了不得啦,我还以为我们永远都不能完成这工作呢!"

"什么建筑啊?"我问。

"哈利·图图维,"她面不改色地继续穿针引线。

我从未听过"图图维"这个词。我的翻译器告诉我,这个词是神祠、封闭的圣地之意,但是对于"哈利"则没有任何解释。我去了图书馆,在《赫奈比特百科全书》中查询这个词。书上说,"哈利"是一千年以前艾博半岛的民众所信奉的一种宗教;另外当地还有一种舞蹈叫作"哈利哈利"。

我回去的时候,看到塔塔瓦夫人站在楼梯中间,一副全神贯注的样子。我打了个招呼。"想象一下它们的数目吧!"她说。

"什么的数目?"我谨慎地问。

"脚,"她微笑着说,"一个挨着一个,一个挨着一个。多么美妙的舞蹈啊！多么漫长的舞蹈啊！"

在这种离题甚远的谈话发生几次之后，我绕着弯子向南娜图拉夫人提出了一个问题：塔塔瓦夫人是否记忆力有问题？南娜图拉一边切菜，做一道叫作图努姆华的料理，一边大笑着说，"哦，她不是完全在这里。不是！"

我不得不落入俗套——"真遗憾。"

我的房东夫人有些迷惑地看了我一眼，但仍然微笑着继续按照她的思路说下去。"她说我们结婚了！我喜欢和她聊天。家里有这么多艾巴可真是太荣幸了，你说呢？我感到非常幸运！"

我知道艾巴是什么：是一种常见的常青灌木，艾巴结的籽味道辛辣，有些像杜松子，当地的某些菜肴会使用它来调味。后院里有一丛艾巴灌木，柜子里有一小罐干燥的艾巴籽。但我可不认为家里有很多的艾巴。

我仔细思索着塔塔瓦夫人所说的"哈利神祠"这个词。我根本没发现赫奈比特有任何的神祠，不过在起居室里有一个小神龛，南娜图拉太太经常会在那里摆上些花花草草，而且，仔细想来，有时她也会在那里放上艾巴的枝叶。我问她那个神龛叫什么，她说那就是"图图维"。

我鼓起勇气向塔塔瓦夫人提问："哈利·图图维在哪里？"

她很长时间都没有开口。"近来这些天已经很远了。"她最终说出这句话的时候，脸上有一种恍惚的神情。她的目光转向我，似乎显得明亮起来了，"你去过吗？"

"没有。"

"太难以确定了,"她说,"你知道吗,我再也不会说我没去过什么地方了,因为我经常发现我就在——也许我该说我们就在那里,对不对?它很美。哦,那太遥远了!而现在它一直就在这里!"她看着我,显得非常愉快,我也不由得微笑起来,但事实上,我完全不知道她在说什么。

事实上,我最后终于注意到了住在"我家"的人们以及差不多所有的赫奈比特人都并不像我假设的那样,与我非常相似。不同之处在于脾气和性情。他们性格温和,脾气非常好。这对于他们而言并不是一种美德,一种道德成就。他们就是天生的好人。与我有很大的不同。

巴坦尼尔先生非常喜欢讨论政治,他总是兴致勃勃,对各种问题很有兴趣,但在我看来,这里面缺少了一些东西,一些我认为在政治讨论中不可或缺的元素。他并不会像那些意志薄弱的人一样,随意附和与他交谈的人的观点,但他也从不会捍卫他自己的观点,事实上他似乎并没有一个确定的观点。对于所有的东西,他都不会去下一个定论。如果让他去做广播电台的热线节目嘉宾,或者在电视台演播室的圆讲桌前充当客座专家,那无疑将会是个非常巨大的失败。他缺乏基于正义感的愤慨。他似乎没有一个确定的信念。我甚至不知道他是否有自己的主张。

我经常和他一起前往街角的小酒店,聆听他和他的朋友们讨论各种政策的得失。这些朋友中也有几个是在政府的委员会中工作的。所有的人都会专心聆听、思索、讲话,通常都非常活泼、兴奋,互相打断其他人的讲话以发表自己的观点;他们非常富于激情,但他们从来不会发怒。所有人都不会与其他人发生矛盾,即使是最微妙的、以沉默来表达不满的情况都不会出现。但与此同时,他们也不会去尝试避免出现不同的意见,不会将自己的想法定义成一个规范,更不会试图达成一个多数派意见。而最让人迷惑的事情则是,这种政治讨论有时会突然以大家一同爆笑而告终——微笑、捧腹大笑,有些时候所有人都会笑得喘不过气来,连眼泪都出来了。就好像如何使国家运转的讨论与大家轮流讲笑话是一样的事情。我根本没法理解这有什么可笑的。

在我听广播的时候,从未听到某位委员指出"我们必须做什么事情"。然而赫奈比特的政府确实做完了所有的事情。整个国家看起来运行得相当平稳,税收正常,垃圾有人清理,路面上的坑洞能够及时地得到修补,所有的人都能吃饱肚子。经常会举行各种各样的选举;关于各种问题的本地投票结果都会在广播中公布,同时还附有大量的资料素材。南娜图拉太太和巴坦尼尔先生总是会去投票。孩子们也经常会去投票。当我意识到有一些人能投的票数比其他人更多的时候,我非常震惊。

安纳普告诉我,尽管塔塔瓦夫人一般不会去投票,但事实上,她拥有投十八张票的权利,而且如果她愿意去进行注册的话,她也许可以投三十张或四十张票。

"但是,为什么她能比其他人投更多的票呢?"

"呃，她上了年纪嘛，你知道，"男孩说。他给我提供信息或纠正我的误会时非常谨慎。他们所有人都是这样。他们好像认为我本来是知道这些事情的，只是偶然想不起来，他们只是提醒我一下。他试着解释，"比如，你知道，我就只有一张票。"

"那就是说，你们认为随着年龄的增长……智慧也会增长吗？"

他看起来有些迷惑。

"或者，你们给老人更多的投票权是为了表示对他们的尊敬……？"

"呃，你自动就会获得那些票，你知道，"安纳普说，"他们回到你身上了，你知道吧？或者说，事实上你回到他们身上了，妈妈是这么说的。如果你能把他们记在心里的话。你拥有的其他投票权。"这时的我一定像一堵砖墙一样面无表情。"你知道，在你重新获得生命的时候。"他没有说"从前的生命"，他说的是"重新获得生命"。

"人们能记得其他——他们的其他——生命，"我试图让他确认我的说法。

安纳普仔细思索着。"我猜是这样的，"他不确定地说，"你是这样做的吗？"

"不，"我说，"我的意思是，我从来没有这样过。我不明白。"

我将英语单词"transmigration"[1] 输入到我的翻译器里。赫奈比特语中对此的解释是雨季飞到北方、旱季飞到南方的候鸟的

---

[1] 此单词有移居、迁徙之意，亦可指转生。

行为。接下来我输入单词"reincarnation"[1],解释是消化的过程。我使出了最后的绝招:"metempsychosis"[2]。机器告诉我,赫奈比特语中没有对应的单词,表示这个其他位面上有许多人相信的、关于"灵魂"在死后转移到不同的"躯壳"中的"信仰"。我的翻译器输出的是赫奈比特语,但打了引号的词语用的都是英语。

正当我专心致志地进行这项研究的时候,安纳普走了过来。赫奈比特人从不使用大型的机器,挖掘和建筑时也都是用手工工具,但他们很早以前就开始应用其他位面传来的电子科技,用于存储信息、交流、记录投票等等。安纳普很喜欢翻译器,这东西对于他而言更像是一个玩具或者一种游戏机。他现在就在开心地笑着。"'信仰'——是说'这样认为'的意思?"他问。我点点头。"那'灵魂'呢?"他问。

我首先从"躯壳"开始解释;可以用自己的身体来示意,显然是简单得多了。"这里,我的——手臂、腿、头、躯干——就是'躯壳'。在你们的语言里是称作'奥图'的吧?"

他点点头。

"而你的'灵魂'就在你的躯壳之中。"

"像内脏那样吗?"

我尝试使用一个不同的策略:"如果某人死了,我们就说,他的灵魂离去了。"

---

1 此单词有再生或是投胎转世的含义。
2 指轮回。

"离去了?"他重复道,"去了哪里?"

"躯壳——'奥图'——留在原处。而灵魂则离开了躯壳。有些人认为它们会进入死后的生活。"

他目瞪口呆,非常迷惑。我们在这个灵魂和躯壳的问题上花费了差不多一个小时的时间,试图找到双方的语言中能够表达同样意思的说法,但却毫无所获,只是更加迷惑了。男孩似乎完全不知道物质与精神之间有什么区别。奥图就是一个人的全部,一个人就是全部的奥图,一个人还能是其他的什么呢?奥图并没有给其他的存在留下空间。"怎么会有任何'乌努阿'之外的东西呢?"最后,他问。

"也就是说,你们每一个人——都是宇宙?"我问。在此之前我已经查过字典,上面说"乌努阿"的意思确实是:宇宙;全部,所有事物;全部时间,永恒;全体,整体。同时我还了解到这个词还可以用来指代一顿正餐的全部程序、一瓶装满的瓶子中的内容物,以及刚刚出生的所有种类的幼小动物。

"我们怎么可能不是呢?不过,损耗的部分当然不算在内。"

这时我正好该去帮他妈妈准备晚餐了,而且我很高兴可以暂时不必再去考虑这个问题。玄学从来都不是我的强项。有趣的是,据我所知,这些人并没有一种组织体系严谨的宗教,但与此同时,连一个十五岁的男孩都能够清楚地了解到这样的玄学理论。我很想知道他是在什么地方了解到的。也许是在学校吧。

在我询问他是在什么地方了解到这些关于奥图和乌努阿的事情的时候,他却矢口否认。"我什么都不知道,"他说,"我还没能拥有艾巴呢。请你去问那些知道他们是谁的人吧,比如说,塔塔瓦夫人!"

于是我就这样做了。我闯进屋子里。她正坐在那扇能俯瞰下面小河的窗子前,借着下午的阳光,在一块黄色的丝绸上面绣着花。我坐了下来,略微踌躇了一下,然后问道:"塔塔瓦夫人,你记得你从前的生命吗?"

"一个人怎么会有超过一个人生?"她反问道。

"呃,为什么你可以投十八张票呢?"

她微笑起来。她的笑容非常甜美,使人安心。"哦,那个啊,你知道,有一些其他人也在享受这生命。他们也在这里。每个人都有权利投票,不是么?如果他们愿意的话。我这个人不爱动。我不想让那些事情打扰我平静的生活。所以我通常不去投票。你呢?"

"我不是——"我说到这里就停了下来,将"公民"这个单词输入到我的翻译器里。机器告诉我,赫奈比特语中的"公民"和"人"是同一个词。

"我不是很清楚我究竟是谁。"我谨慎地说。

"很多人从来都不清楚自己是谁,"她说。她现在相当诚恳,眼睛也不再注视着她的刺绣了。在双光眼镜后面的一堆皱纹中间,她的眼睛是棕绿色的。赫奈比特人很少直视他人,但她现在正在盯着我。她的眼神亲切、严肃,而且只是短短地扫过一眼。我感觉她并没有把我看得清清楚楚,"但是这并没有什么关系,你知道,"她说,"如果在你的一生当中,有那样一刻你知道了自己是谁,那么,那就是你的生命,那一刻就是乌努阿,就是一切。在一次短暂的生命中,我看到我母亲的脸,就像太阳,所以我就在这里。在一次漫长的生命中,我曾到过许多地方,但我在公园里挖土时,我将杂草的根抓在手里,所以我就是乌努阿。等到你老了的时候,你知道,你就会一直待在这里而不是那里。一切都在这里。一切都在这里。"她将最后一句话重复了一遍,轻轻笑了几声,然后开始继续绣花。

我向其他人提起过赫奈比特人。一些人告诉我,确切地说,赫奈比特人确实经历过重生,随着年龄增长,他们会逐渐回忆起越来越多的"前生";而他们死后,就会加入不可计数的"前生"当中,然后跟着新生的生命一起经历生老病死,并进入同样的过程,只不过不再是以物质的形态,而是以非物质的形态。

但我并不能完全赞同这一说法,因为很显然,对于赫奈比特人而言,灵魂和身体是一致的,所以并不存在什么物质与非物质的区别。而且这一说法也不符合塔塔瓦夫人曾经说过的话。她说"其他人也在享受这生命",她没有说"前生",她也没有说"在其他时间经历这一生",她说的是"他们也在这里"。

我仍然不知道艾巴是什么,除了那种会结出多汁浆果的植物之外。

我唯一可以确定的是,跟赫奈比特人相处的这几个月使得我对于身份和时间的概念都变得混淆了,而且,自从那次旅行归来后,我似乎无法保持一个坚定的立场,除却它既不在这里,也不在那里。

维克西之怒

访问维克西位面的人不多。他们害怕当地的居民会伤害他们。事实上,维克西人对于其他位面的来访者根本不予理睬,他们认为外来者是一些被他们杀死的敌人的鬼魂,虚弱并且散发着邪恶的气息。如果他们不去注意这些家伙,它们自然就会退散。这句话差不多是准确的。

但尽管如此,还是有一些研究不同种族脾性的人留了下来,并且获得了不少关于这些冷漠的当地人的知识。以下的描述来自我的一位不愿透露姓名的朋友。

维克西人性格非常狂暴。他们的社会生活总是充满了大量的争论、反唇相讥、争吵、打斗、怒火爆发、闹别扭、斗殴、仇恨以及冲动的复仇行为。

维克西人无论男女都拥有同样的体型和强壮体格。他们每个人都带有武器,且从不离身。他们的交配行为非常剧烈,经常会造成受伤,有时甚至会造成一方或双方的死亡。

他们一般是四肢着地行走,但他们也可以直立行走,并确实在某些时候会这样做。他们的后肢短而强壮,末端生有蹄。而他们前肢的结构可以同样完美地用作腿或手臂。当他们用四肢行走时,纤细的前蹄闭合以保护在蹄子里面握成拳的双手。他们的双手各有四只手指,手从蹄子里伸出来的时候,这些手指与人类的手指同样敏捷优雅。

维克西人的头上和背上长有手感粗糙并且很长的毛发,除了手掌和生殖器之外的所有地方都长有纤细浓密的体毛。他们皮肤的颜色是棕色或褐色,而毛发的颜色则可能是黑色、褐色、棕色、铁锈色,或上述这些颜色的斑纹。随着年龄的增长,也会出现白色的毛发,年老的维克西人可能会通体纯白。但年老的维克西人并不多见。

他们并不需要衣服为他们抵御寒冷或炎热的天气,但他们确实在身上缠有各种带子、挽具,既是作为装饰,也可以提供装工具和武器的袋子和皮套。

维克西人不稳定的脾气使得他们难以在一起居住,但他们需要群居带来的鼓舞作用以及冲突,因此他们无法分开。通常的解决方式是用篱笆将自己的村庄围起来,村中有五六个半球型的大型粘土房子,十几个小型房子,这些房屋有一部分是建在地下的。它们叫作"奥米德拉"。

大型的奥米德拉分为很多个房间,每个房间被一个大家庭所占据,这个大家庭一般是由一群有亲属关系的女性和她们的孩子所组成。至于男人——亲属、性伴侣,以及朋友——他们只能在受到邀请的情况下才能入住,如果他们愿意,随时都可以离开，但如果女人们命令他们离开，则必须马上走。如果他们不这样做的话，所有的女人以及其他的大部分男人都会猛烈地攻击他们，迫使他们流着血跑开，如果他们还试图再回来的话，这些人会向他们投掷石块。

小型的奥米德拉只有一个房间，其中只住有一个成年人，这样的成年人称为独居者。独居者是被从大奥米德拉中驱赶出来的男人，以及选择独居的男人或女人。独居者也可能会经常造访一个或多个大家庭；他们与其他人一起在田地里工作，但他们一般是独自吃饭、睡觉。一个早期的访问者如此描述一个维克西人的村庄："五间大房子里满是互相咒骂的女人，十四间小房子里满是怒火中烧的男人。"

这个模式也同样应用于城市中。从本质上来说，城市是若干村庄的结合体，以便对抗其他的村庄。它们一般建立在河中的小岛，或便于防守的高山台地上面，或至少会在城市周围建立护城河以及各种土木工事。城市中各个不同区域之间的距离相当遥远，类似原始的村庄。无论是相邻的村庄或城市，还是城市中相邻的各个区域，它们之间都存在着深仇大恨。仇恨和袭击永远不会休止。大多数男人和女人都是在战斗中受伤死亡。规模较大、涉及十个以上村庄或两个城市的战争似乎并未发生过，但尽管如此，相邻的村庄或邻居之间只有因为相互的蔑视才会和平共处，并且这种和平都是非常短暂的。

维克西人认为控制他人的权力是没有价值的，而他们战斗的目的也不是为了支配。他们是为了复仇、基于愤怒而战斗。

这也许可以解释，尽管以维克西人的智能和技术水平可以轻易制造出能在远程杀伤敌人的武器，但他们并没有这样做，而是用匕首、短剑、棍棒或空手（蹄）战斗。事实上，有很多不成文的传统或风俗在限制他们相互之间的战斗，而且这些规矩得到了非常严格的遵守。例如，无论对方如何挑衅，都不可以在劫掠和杀戮时毁坏对方的庄稼或果树。

我曾经到过一个原始的村庄，这个村庄叫作阿卡格拉克，村中所有的成年男人都在与附近三个村庄的战斗与仇杀中死掉了。但是在这些战斗当中，阿卡格拉克所拥有的肥沃的河床地没有遭到任何的破坏，更没有被其他村庄夺走。

我目击了该村庄中最后一名成年男子的葬礼。他是一个白人——也就是说他是个老年人——他独自离开了村庄，试图为他被谋杀的侄子报仇，结果被另一个村庄特凯特的一群年轻人投掷石块砸死。投掷石块杀人是不符合战斗规矩的行为。阿卡格拉克的村民异常愤怒，尽管特凯特的村民已经严惩了那些不守规矩的年轻人，其中一个被打死，另一个则成了终身残疾，但阿卡格拉克村民的怒火没有得到丝毫消解。阿卡格拉克仅存的男性是六个男孩，根据维克西人的风俗，不满十五岁的孩子是不可以参加战斗的，而到了十五岁，所有的男孩和部分女孩就可以成为勇士。这六个男孩和不满十五岁的女孩一起辛勤地在田地里工作，试图代替死去的成年人。阿卡格拉克现存的勇士都是没有小孩的女人，或小孩已经长大的女人。这些女人大部分的时间都花在伏击特凯特以及其他村庄的村民上面。

正在带孩子的女人不能成为勇士；她们只有在遭到攻击时才会战斗。但如果她的孩子被谋杀，则属于例外情况，如果这种事情发生，这个失去孩子的母亲就会带领其他女人进行复仇之战。维克西人一般不会侵入其他村庄，而且不会有意攻击或杀害未成年人。但在激烈的战斗中，免不了会有一些小孩被误伤而死。一个未成年人的死被称为谋杀，从而使得侵入对方村庄的行动成为合法。那些不是勇士的女人——复仇的母亲——直接走进谋杀者的村庄。她们不会杀死小孩，但她们会杀死任何反抗的男人或女人。由于在道德上占有优势，所以她们的行动很少会遭到抵抗。犯下了罪行的村民只是坐在地上的尘土中等待接受惩罚。复仇者踢打他们，辱骂他们，向他们吐口水。复仇者通常会要求"以血还血"，要从谋杀者的村庄中带走一个小孩以代替死去的那一个。她们不会绑架或强迫小孩离开。但总是会有一个孩子跟她们走，甚至有些时候，这个孩子是自愿离开的。听起来相当奇怪，但事情一般都是这样解决的。

另一方面，不到十五岁的小孩也经常逃向邻近的村庄——也就是说，敌对的村庄。在那里他们一般都会被一个新的家庭所接受。这些逃跑的小孩可以一直待在他们的新家，直到他们对原来家人的怨气消散，但也有些人永远都不会原谅他们的家人。在阿卡格拉克的时候，我见过这样一个孩子，她是个九岁的女孩。我问她为什么要离开原来的村庄。她说："我真的受不了我妈了。"

在城市中，街道上的斗殴几乎从来不会停止，因此也经常有小孩在此丧命。一般也会有人试图为他们复仇，但与村庄中的情况不同，复仇者也会遭到攻击，似乎在城市中，那些不成文的规矩全部崩溃了。维克西的三座大型城市极其危险，以至于连活过三十岁的人都非常少见。但另一方面，从村庄中离家出走的孩子们纷纷进入城市，城市中的人口数量因而得以保持。

从婴儿期开始，维克西人的小孩所受到的对待就是相当粗暴的。毫无疑问，已为人父母的维克西人对他们自己的孩子非常热爱，并且对所有小孩都有很强的责任感——因为逃亡到其他村庄的小孩也能得到与本村的小孩同样好（或者说同样差）的照顾。婴幼儿总是会得到父母和其他亲属的关注，那是一种猛烈而毫无耐心的关注，他们从来不温柔。掌掴、摇晃、咒骂、呼喊和威胁充斥于每一个小孩的日常生活当中。在面对不到十五岁的孩子时，成年人的确也试图控制自己的脾气。如果有人痛打小孩，则此人将被其他成年人痛打。而伤害小孩的独居者将被踢出村庄。

孩子们则对成人抱以警惕的态度。在年纪相仿的孩子们之间，保持冷静不能算是个问题。他们吵架的行动大部分都只是对成人的模仿。维克西人的幼儿安静、警惕、淡泊。如果附近没有成年人，维克西人的孩子们一起工作和玩耍时一般不会发生争吵。等到他们到达十五岁的年龄，可以成为勇士时，他们的性格就完全改变了。这也许是因为生理上的变化，也许是因为当地风俗对他们的期望，总之，他们开始打斗、睚眦必报，并长期处于愠怒的情绪中，随时都可能怒火爆发。

如果有人访问一座住满了人的大奥米德拉，他一定会得出一个印象，那就是成年的维克西人除了叫喊、责骂、咒骂和争吵之外什么事情都不做，但事实上，他们生活的真正规则就是回避。即使是在大家庭中居住的大部分成年人，绝大多数时间也在与其他人保持距离，维持自己的独立性，那些独居者就更不用说了。这也是他们能够如此轻易地无视我们这些"鬼魂"的原因之一——他们相互之间大多数时候也是无视对方的。如果一个维克西人未经对方明确邀请，就进入到距离另一个维克西人不足半米的私人空间之内，那是非常不明智的。对于任何人而言，接近一个独居者的房子都是非常危险的，不管这个人和独居者的关系有多么亲密。如果他们必须要接近独居者的房子，他们首先要站在一定距离之外，喊出各种早有成规的口号表示警告以及致歉。即使如此，独居者也可能对他们不屑一顾，或者大叫一声，手拿短剑冲出屋子，将所有人赶走。据说女性独居者比男性更没有耐心并且危险。

尽管他们之间很容易互相引起各自的怒火，但维克西人确实可以在一起工作。他们高效的农业是采用共同耕作，按照一如既往的有效习俗进行。关于这些习俗的细节问题，总是会产生激烈的争论和争吵，但是并不会耽误他们的工作。

他们培育的块茎和谷物富含蛋白质和碳水化合物。他们不食用肉类，但某种昆虫的幼虫则是例外，这些幼虫生活在他们的农作物上面，他们不会使用特殊手段杀灭这些幼虫，因为他们需要利用这些幼虫当作调味品。另一方面，他们使用某种农作物的种子酿造烈性的啤酒。

身为父母的人会指点或阻止他们小孩的某些行为（通常遭到小孩怒颜以对或是大吵大闹反抗），但除此之外，没有任何一个人拥有指挥他人的权力。在村庄当中没有首领，在田野或是城市里的工厂当中也没有老板。这是一个没有等级概念的社会。

他们从不积累财富，就像他们不会试图夺得政治上的支配权一样，他们也不会试图夺得经济上的支配权。如果有人拥有比村庄中其他人更多的财富，则此人将会立刻把多余的部分送给他人，或将这些财富用于公共设施，例如修缮房屋、购买工具或武器。男人经常会将武器送给他憎恨的人，用以羞辱或挑衅对方。负责照顾整个家庭、小孩和幼儿的女人在时令不好的时候拥有囤积食物的权力。但如果这个家庭收成很好，他们会尽快将多收的部分分享出去，将谷物送给他人，并用幼虫调味大餐招待全村的村民。大部分的啤酒都是在这种宴会上消耗掉的。最初我以为饮酒会使维克西人大开杀戒，在我第一次看到这种村庄宴会时，我非常警觉。但是，啤酒似乎缓解了维克西人的怒火，他们不容易发脾气了，反而开始略带伤感地谈起以前死去的人，以及从前他们之间的争吵，他们一起流泪，并相互展示自己身上的伤疤。

维克西人是坚定的一神论者。他们所信仰的神被视为破坏之力，由于他的存在，任何生物都不能长久地存活。对于他们而言，生存本身就已经打破了神的规条。人的生命是对于无可避免的毁灭的一种挑战，但它不会坚持很长时间。星辰只是毁灭之火的一簇火花。在不同的维克西宗教仪式和颂诗中，这位神被称为：终结者，强大的破坏者，无法逃避之蹄，等候着的空虚，破脑之石。

这位神的形象是由黑色岩石制成，有一些是天然的，另外一些则经过了雕刻和抛光，总体来说是球形或圆盘形。不管是私人祭拜还是公开祭拜，仪式都相差无几，主要包括在这种石头前面燃起一堆火焰，并唱出或喊出一些仪式上规定的诗篇。与此同时，还要用后蹄猛踢木制的鼓，造出可怕的噪音。他们的宗教并没有牧师，但成年人都会把关于仪式的知识教给小孩。

我出席了阿卡格拉克那个白人的葬礼。他赤裸的遗体放在一块厚木板上抬了出来；他居住的那座奥米德拉中的圣石放在他的胸口上，掩藏在前蹄中的双手各握住一块黑色的小圆石。四名与他关系最为紧密的亲属以直立行走的方式将遗体一路抬到用于火葬的空地。村庄中的其他人四蹄着地跟着走在前面的四个人。用圆木和树枝堆成的巨大的火葬柴堆早已准备好了，遗体被放置于最上面。附近有一堆小一些的篝火，已经燃烧了一个小时左右。人们用赤裸的双手将小篝火中燃烧着的木柴取出来，再将它们扔进火葬柴堆，同时还以最纯粹、最不可控制的愤怒叫喊着。逝世老人的孙女反复呼喊着："你怎么能这样对我？你怎么可以死掉了呢？你不是真的爱我！我永远不会原谅你！"其他亲属和后裔也纷纷叫嚷着，指责逝去的人不在意他们对他的爱，离弃了他们，在他们需要的时候跑掉了，活了这么久最终还是死了。很明显，大部分的指控和谴责都是传统仪式的一部分，但其中蕴含的怒气是真实的。人们流着眼泪，扯下绑在他们身上的饰带和其他物品，咒骂着将它们掷向火中。他们撕扯着头上和手臂上的毛发，在自己的脸上和身上涂满泥土和灰烬。一旦火势开始减弱，人们立刻跑去寻找燃料，然后猛力将找到的木柴扔到火堆上。哭泣的小孩会得到大人们不耐烦地递过来的干果，大人们还会告诉小孩："闭嘴！哭什么哭！爷爷不会再听了！爷爷不要你了！你现在是没用的孤儿了！"

等到夜晚到来的时候，火堆终于得以熄灭了。死者的遗体已经完全烧化了。虽然在灰烬中也可能存在没能完全烧化的骨灰，但这些骨灰不会得到安葬。人们只是将神圣的黑色岩石找出来，重新放在神龛中。人们筋疲力尽地返回村庄，锁好房子的门，又饿又脏地倒在床上，双手的烧伤仍然抵不过内心的伤痛。在我看来，村民们无疑是为死去的老人感到自豪，因为在维克西，能活到毛发皆白的人实在少之又少，并且有一些村民也确实深深爱着他。但他们的悼词是指责，而他们的悲痛则是愤怒。

安萨的季节

献给马更些桥的鱼鹰，它们的生活方式赋予了我写作此文的灵感。

我曾与一位安萨老人交谈了很长时间。我是在他开设的位面旅行者招待所里见到他的，这间招待所坐落于安萨的"大西洋"中一座地处偏远的大岛，远离安萨人的迁徙线路。近来这些日子，这里是安萨唯一一个允许其他位面游客来访的地方。

克格梅戈居住在这里，充当向导和东道主，他的工作就是向游客们略微介绍一下本地的特色，因为这个地方看起来和许多位面上的热带岛屿没什么两样——天空晴朗，微风和煦，气氛懒散，风景优美，树上长着羽毛状的叶子，金黄的沙滩，还有广阔无垠、蓝绿色的大海，以及潟湖的悬崖边那泛着白色泡沫的海浪。大多数游客来此的目的是驾驶帆船、钓鱼、捡拾贝壳、痛饮发酵的"荑"等。他们对这个位面上的其他地方以及他们所见到的唯一一个当地人都没什么兴趣。他们最初会看到他，而且肯定会跟他一起照相，这是因为他的样子很特别：身高约有七英尺，瘦削、强壮、棱角分明，因为年龄的关系，他有些驼背，他的头部细长，眼睛是黑色和金色，而且又大又圆，还长着一个鸟嘴。因为鸟嘴的一体性，对于那些鼻子和嘴分开的人而言，一个长着鸟嘴的人表情并不是很丰富，不过克格梅戈的眼睛和眉毛能很清楚地表露他的想法。他也许已经老了，但他是一个很有激情的人。

在这些意兴阑珊的游客中间，他有点无聊、寂寞，当他发现我愿意聆听他讲的事情时（当然，我不是第一个愿意听他说话的人，也不会是最后一个，但当时我是唯一的一个），他很高兴地为我讲述了他这个种群的事情。那是个悠长而柔和的夜晚，我们坐在深紫色的黑暗中对饮大杯的冰"萸"，闪烁的星光、海浪中的发光生物，还有羽状树叶周围的大群萤火虫照亮了我们。

他说，从那久远到无法记起的彼时开始，安萨人就遵循着某种方式。他将这方式叫作**玛丹**。人们的行为方式、事情的解决方式、事物的存在方式、前进的方式，还有"始终"这个词里隐藏着的方式[1]：和我们一样，他的词汇都蕴含了这层意思。"然后，我们曾偏离了我们的方式，"他说，"但是时间不长。现在，我们又重新照一直以来的那样做事了。"

人们总是会告诉你，他们"始终是这样做的"，然而你会发现，他们所谓的"始终"实际上只是一两代人，或一两个世纪，

---

1 英文的 always 这个单词可拆分出 way 这个单词。

最多不过一两千年。相对于人体、种族的方式和习惯，文化的方式、习惯只能维持相当短暂的时间。在我们位面上，人类一直以来都在做的事情并没有多少，大概只有寻找食水、睡眠、歌唱、谈话、生儿育女，然后可能形成一定规模的聚落。事实上那可以视为是人类的本质，我们遵循的行为基础就是那么少。我们发现有新的事情可做、新的行为方式可以遵循的时候，非常容易变通。我们巧妙地、独辟蹊径地、急切地寻找正确的行为方式，真正的行为方式，那种我们相信已在错综复杂的新奇事物、机会和选择中丢掉了许久的行为方式……

安萨人做出的选择与我们有所不同，也许可以说他们的选择是缺乏创意的。但它也有它的好处。

这个世界的太阳比我们的要大，而这个行星距离太阳比我们更为遥远，所以，尽管该行星的自转速度和轨道交角与地球差不多，但这里的一年大约有我们的二十四年那么长。相对地，所有的季节都变得非常漫长，每个季节都能维持相当于六个地球年的时间。

在所有位面、所有气候当中都会有一个春天，春天是繁殖的季节，新的生命会出现在这世界上；对于那些只能活不到一年或数年的生物来说，早春正是交配的季节，新的生命开始孕育。对于安萨的人类来说也是如此，按照他们的年份计算，一个人只能活三年。

安萨人居住在两块大陆上，其中一块与赤道相交且略偏向北半球，另一块则从北半球中部一直延伸到北极。这两块大陆之间有一座长而多山的陆桥，就好像南北美洲之间那样，但是尺度较小。除了两块大陆之外就是大洋，其中有几片多岛海，还有几个分散的大型岛屿，除了这个位面管理局征用的岛屿之外，所有的岛屿上都没有人类居住。

克格梅戈说，当新年到来的时候，在平原上的城市和南方的沙漠中，都会有专司历法的牧师事先宣布消息，许多人聚集在一起，等待黎明的到来，观看太阳停在某座塔顶，或是第一束阳光如箭射中某个目标：就是至点的那一刻。从这个时候开始，逐渐增长的热量将会晒干南方那长满野生谷类的草原，漫长的旱季会使得河流的水位低落，城中的水井将会干涸。春天跟随着太阳慢慢移向北方，远方山脉上的积雪融化了，山谷中现出了明亮的绿色……而安萨人也会跟随着太阳迁徙。

"呃，我该走了。"这是老年人在城市的街道上和自己的老朋友打招呼。"回头见啦！"这是年轻人之间的用语，那些差不多一岁的年轻人——对于我们来说，他们就相当于那些二十一二岁的人。这些年轻人离开他们的家庭、伙伴、学校和运动俱乐部，在迷宫般的住宅区、集体住宅或旅店里寻找他们的父母之———他们是在夏天时和父母分开的。他们随意地走进父亲或母亲的住所，说"你好啊，爸爸"或者"你好啊，妈妈。好像所有人都正打算回到北方去呢"。而父亲（或母亲）则非常谨慎，因为在即将到来的长达半年（年轻人至今为止的生命也不过只有不到一年）的旅途中，他们不能给年轻人提供任何指示，否则会是一种很失礼的行为。他们只是说："是的，我也正打算回去呢。要是你能跟我们一起走那就好了。你的姐妹在另一个房间里收拾行李呢。"

就这样，人们或单身，或成双成对，或一家三口地离开了城市。迁徙是一个漫长的过程，而且没有统一的指挥。有些人在春天到来之后很快就离开了，其他人谈起他们时会说"他们也太着急了吧"或者"某某某要是不能第一个到那里的话，她原来的家就会被别人占啦"。也有些人一直逗留在城市中，直到差不多所有人都走光了，但他们还是不能下定决心离开这炎热而安静的街道、空旷的废弃广场，因为在过去那个漫长的半年中这里还充满了欢快的人群和音乐。但不管是早是晚，他们最终都会离开，踏上前往北方的道路。而且一旦他们开始走，就走得很快。

大多数人只带一个背包的个人物品，或者一头鲁巴能驮得动的物品（根据克格梅戈的描述，鲁巴是一种类似驴的动物，不过体形更小，而且长有羽毛）。有些生意人在旱季的时候会赚到大量的财富，这些人的货物和财宝要用许多头鲁巴组成商队才能搬走。尽管大部分人都是单身旅行或以小家庭的形式旅行，但道路上的人很多，因此每个小团体之间的距离非常接近。有时人们也会临时组织大的团体，这通常是因为道路崎岖难行，那些老弱病残的人需要有人帮助他们、为他们携带食物才能通过。

在通往北方的路上没有小孩。

克格梅戈说，他不知道这个世界的人口究竟有多少，不过他猜肯定有几十万，也许有一百万。所有这些人都参与了大迁徙。

等到他们走到多山的中央陆桥时,他们不会聚集在一起,反而走进数百条不同的小径当中。这些小径有些有很多人走,有些则只有很少人走;有些拥有非常明确的记号,也有些甚为凶险,只有那些曾经走过这条路的人才知道应该怎样走。"这时候要是有一个活了三年的人就好啦,"克格梅戈说,"他们可能已经走过两次了。"他们轻装前进,速度非常快。他们依靠在路上找到的食物维生,但在贫瘠的高山上则没有可能找到食物,这时,按照克格梅戈的说法,"他们会减轻行李的负担"。在那些高山的小径和陡峭的峡谷中,有钱商人的商队会遇到很大的麻烦,这是因为所有的鲁巴都又疲倦又干渴。如果一个商人仍然试图继续携带那些货物和财宝,路上的其他人则会卸下牲畜身上的负担,解开它们的轭具,让这些属于商人的牲畜和他们自己的牲畜一起走。这些可怜的动物立刻快速跑向南方,回到沙漠中去了。至于它们所携带的货物则被扔在路边,人人皆可随意捡拾。但没有人会拿这些东西,他们只携带一点点必要的食物。他们不想拿任何东西,不想让身上的行囊拖慢他们的速度。春天就要来了,凉爽的、甜美的春天即将到达北方那些长满水草的山谷、森林、湖泊和欢快的河流,他们希望春天到来的时候自己已经在那里了。

听克格梅戈讲这些事情的时候,我突然想到,如果一个人可以从高空鸟瞰这些人的迁徙,观看这些人穿过数百条不同的山中小径,那一定就像观看一两个世纪之前的美国西北海岸,那时,从宽达一英里的哥伦比亚河到最细小的溪流,每条河中都是正在迁徙的鲑鱼，将河水都映成了红色。

鲑鱼到达目的地之后就会产卵，然后死亡，一部分安萨人也是回到家乡就会死去：那就是那些已经是第三次向北迁徙的人，那些活了三年的人，在我们看来就是七十岁以上的人。这些人当中也有一些还没到达目的地就死去了。这些老人又饥又渴，再加上步行的疲劳，他们会慢慢落在其他人后面。如果其他人看到路边有一个老人坐在那里，他们会上前与他／她交谈一两句，帮他／她建起一个能遮风避雨的帐篷，留下一些食物送给老人，但他们不会催促老人跟他们一起走。如果老人非常虚弱或病得很重，他们会在老人身边停留一两晚，直到有人来接替他们的位置，或老人最终去世时为止。如果一位老人死了，发现遗体的人会将它埋葬。埋葬的方式是：遗体仰躺在墓穴中，头向南，脚向北，代表归乡之意。

克格梅戈说，在通向北方的道路边有很多这样的墓穴。没有任何一个人能够在一生中经历第四次迁徙。

至于那些正在经历生命中第一次或第二次迁徙的年轻人，他们走得很快，在山中的小径里显得甚为拥挤，但在中央陆桥逐渐变宽，马上就要到达北大陆的时候，他们就会分头进入大草原中。等到真正进入了北大陆之后，汹涌的人潮立即化作数千条人流的小溪，在北方转而向西或者向东。

现在让我们把目光投向这些小团体中的一个，她们刚刚到达一座山边的可爱小村庄，这里的草已经绿了，树上也已经长出了叶子。"嗯，我们到了，"母亲说，"就是这里。"她的眼中涌出了泪水，同时却又发出了安萨人那种特有的、柔和的咯咯笑声，"舒库，你还记得这个地方吗？"

女孩在离开这里的时候只有不到半岁大——按照我们的纪年方法是十一岁左右。她好奇、惊讶而又怀疑地看着周围，然后笑了起来，她喊道："但我觉得我们的家好像**比这里大**呀！"

然后，舒库的目光也许会飘过她的出生地，飘过那有些熟悉又有些陌生的草场，一直飘到远方那座只能看到屋顶的房子，那就是离她们这里最近的邻居。她也许会想到之前与她们母女两人在路上相遇，一同宿营过一段时间，后来又分道扬镳的基米米和他父亲，也许他们已经在那座房子里住下了？如果是那样的话，也许基米米会来到这里，和她打个招呼？

在南方的城市里，人们聚集在一起生活，相互之间没什么距离可言。他们互相分享房间、分享床铺、一同工作和玩耍，做任何事情都是成群结队地去做。而现在他们全部都分开了，家庭之间分开了，朋友之间也分开了，在这草原牧场、北方的山丘，以及更北方的湖泊地区中，每个小家庭都拥有一座单独的小房子。但是，即使他们是像一只破碎的沙漏中的沙子那样全部分散开了，他们之间的纽带也仍然存在，只不过改变了其存在的方式。他们仍会聚集在一起，只不过不是几十个人、上百个人、数千个人，而是两个一对地聚集起来。

"嘿，你在这儿啊！"这时，舒库的爸爸打开了牧场边小屋的门，舒库的妈妈惊喜地说道："你来到这儿肯定只比我们早了几天。"

"欢迎回家。"他的语气非常庄重,但他的眼睛里闪着光。这两个成年人握住对方的手,轻轻扬起他们那细长的、长着鸟嘴的头颅——这是一种特别的礼节,亲切而不失严肃。舒库突然想起,在她还是个小女孩的时候,也在这里,她的出生地见过他们行这种礼,在那之前,他们一直都住在这儿。

"基米米昨天还问起你了呢。"父亲对舒库说,他也柔和地咯咯笑了。

春天就快来了,春天马上就要来了。现在他们要准备举行春天的庆典。

基米米从草场的另一边来到这里拜访,他和舒库一起谈天,一起在草场里和小溪边漫步。大约一天,或一周,或两周后,他问她是否愿意跳舞。"哦,我不知道,"她说,但看到他站直身子,高昂的头略微后扬,摆出舞蹈的开场姿势时,她也站了起来。尽管最初她只是身体站得很直,双臂放在身体两侧,头却还是低着的;但随着舞蹈的进行,她逐渐扬起她的头,伸开她的双臂……跳舞,和他一起跳舞……

这个时候,舒库的父母和基米米的父母又在做什么呢?不论他们是在厨房后面的花园里,还是在古老的果园中,他们都在做相同的事情。他们面对着彼此,扬起他们那细长而高傲的头,然后其中的男性跳起来,将双手伸到头上,落地后一个深深的鞠躬……女性也同样鞠了一躬……交际舞就是这样进行的。现在,整个北大陆上的所有人都在跳舞。

没有人会去打扰那些老夫老妻,他们正在重新恢复彼此之间的婚姻关系。不过基米米最好要留神一点。有一天晚上,一位年轻男士穿过草原来到了舒库和她父母的家,舒库此前从未见过这位年轻男士。他出生的地方离此约有几英里远。他听别人提起过舒库的美貌。他坐在客厅里和她谈了起来。他告诉她,他正在建一座新的房子,新房坐落在一小片树林中,而且比起他的家,这房子离她家更近。他愿意聆听她关于如何建房的建议。他非常乐意在她有空时和她一起跳舞。也许今晚就可以?在他离开之前略微跳一小会儿?

　　他是个极其出色的舞者。在那个早春的深夜,舒库和他一起在草地上跳舞,她感觉自己似乎被裹挟在一股暴风中。她闭上眼睛,她的手开始挥舞,就像那暴风是真实存在的一样;她的手碰到了他的手……

　　她的父母会一直生活在牧场边的房子里;他们不会再生小孩了,因为他们已经过了生孩子的年纪,但他们会像新婚时那样频繁地做爱。舒库最终将会选择一位追求她的人——事实上,她选择了后一个。她和他住到了一起,一起建好了房子,然后在那里做爱。盖房、跳舞、种花、吃饭、睡觉,他们所做的所有事情最后都会以做爱告终。在这个过程中,舒库怀了孕,在预期的时间生了两个孩子。这两个孩子出生的时候,身上都覆盖着一层坚硬的白色隔膜。孩子的父母用手和喙将这层保护性的隔膜撕开,将蜷曲在其中的新生婴儿释放出来。孩子已经抬起了她那小巧的喙,等待着大人给她喂食,贪婪地呼吸,贪婪地吃,贪婪地享受生命。

但第二个孩子个头比较小，显得没那么贪婪。她没有能够活下来。尽管舒库和她丈夫两个人都非常照顾她，连舒库的母亲也来到他们家，用自己的喙为这个小可怜喂食，在她哭喊的时候不断地摇着她，她还是逐渐变得衰弱了。一天早上，这可怜的小婴儿躺在外祖母的怀里，握紧拳头，竭力呼吸着空气，然后就一动不动了。外祖母流出了眼泪，她想起了舒库那个还没能活这么久的兄弟。她安慰着舒库。婴儿的父亲在新房后面那些在漫长的春天中萌芽的小树中间挖了一个小小的坟墓，他一边挖，一边流着泪。但另外一个小孩，那个大一点的女孩，基基里，她能睡，能笑，能吃，并且活了下来。

　　又过了一段时间，基基里已经开始试着站起来了，还会对她父亲叫"爸！"，对她母亲和外祖母叫"妈！"，而且如果大人让她停下手中做的事情时，她还会说"不！"。差不多与此同时，舒库又生了一个孩子。与大多数人生的第二胎一样，这一次只有一个婴儿。是个健康的男孩，又小又贪婪。不过他长得很快。

　　他将会是舒库的最后一个孩子。她和她丈夫仍然会做爱，在任何他们喜欢的时候都可以：可以是在开花或结果的季节那种愉快和清闲的气氛中，也可以在温暖的白天或清凉的夜晚，也可以在树下的荫凉或夏天的草原上。但是，按照他们的说法，那是一种奢侈的爱：除了爱本身之外，不会有其他东西到来。

　　在安萨，所有的孩子都生于北大陆的早春时节，在他们的父母返回自己出生地不久之后。有些夫妇可能会生四个小孩，大部分都是生三个。但如果第一胎的两个孩子全部成活，通常就不会有第二胎了。

"看来你们不像我们那样过度繁殖。"克格梅戈告诉我这些事情之后，我这样对他说。然后我对他讲了一些关于我们位面的事情，他对此话表示赞同。

但他说，安萨人在性方面或繁殖方面并非只有这一种选择。当然，一夫一妻制是他们的规则，但人们总是乐意改变规则，并且努力试图打破规则。他为我讲述了这些例外事件。有一些人的夫妻关系是以两男两女的形式维持的。这种形式的夫妻不会生小孩，他们和其他没有生小孩的夫妻一样，会从那些有三个或四个小孩的家庭中领养一个小孩，或抚养一个无人认领的孤儿。也有一些人不愿交配，还有些人同时或不同时地拥有数个性伴侣。当然，也有通奸和强奸。对一个年轻女孩来说，置身于最后一批迁徙人群之间是非常糟糕的事，因为在这些移民中，性的动力已经非常强烈了，年轻的女性经常遭到轮奸，等到她们到达出生地时，往往已是遍体鳞伤、找不到配偶，并且还怀了孕。若一个男性找不到配偶，或对他的妻子不满，他也许会离开家，挨家挨户地卖针线、磨刀、补锅等。一般家庭往往会因为家中的需要而欢迎这样的流浪者，但他们的动机则遭受广泛的质疑。

我们在海风吹拂的天台上度过了几个静谧的深紫色天空的夜晚之后，我问起了关于克格梅戈本人生活的事情。他说，他本人也遵循了"玛丹"，他们的规则和生活方式，只有一处例外。他第一次迁徙回北方之后找到了配偶，他妻子生了两个小孩，都是第一胎的，一个男孩一个女孩，后来两个孩子和他们一起去了南方。他第二次迁徙回北方的时候，全家人又聚在一起了，两个孩子都和附近的合适人选结了婚，所以他也很了解自己的五个孙子孙女。等到他们第三次来到南方时，他和他妻子居住在不同的城市中：她是一位天文学教师，所以她去了大陆最南端的观察站，而他则留在特科·科特同一群哲学家一起研究哲学。她很突然地因心脏病而去世了。他出席了她的葬礼。后来他和他的儿孙一起回到北方。"在我回到家之前，我并不怎么怀念她，"他如实地说，"但是，住在我们的房子里，身边却没有她——我不能承受这个。正好我听说这个岛上需要一个人来接待那些其他位面的来客。我之前一直在思索，哪一种死去的方式最适合我呢？这个地方似乎是好与坏之间的中点。一个大洋中的孤单岛屿，除了我之外没有一个属于这个位面的人……不是真正的生命，也算不上真正的死亡。这个主意让我会心而笑。所以我来到这里了。"他的寿命早已超过了三个安萨年，也就是说快到八十岁了，但只有微微驼起的背和纯白的头发能显示他的年龄。

第二天晚上，他给我讲了关于向南迁徙的事，为我描述了在北方的夏季逐渐远去，温暖的白天渐渐缩短的时候，一个安萨男人的感觉。收获的工作已经全部完毕了，谷物储藏在气密仓库里面准备来年食用，另一方面，他们又种下了根茎可以食用的作物，它们在冬天缓慢地成长，到了春天就可以吃了。孩子们的个头儿长得很快，他们精力充沛，对于出生地的生活开始感到厌倦，越来越希望可以四处走走，和邻居家的孩子交个朋友什么的。这里的生活很甜蜜，但总是没有任何变化，就连"奢侈的爱"也失去了吸引力。某个阴沉的夜晚，空气中飘着一丝冷风，躺在你身边的妻子叹了口气，低语道："知道吗？我有点想念城市了。"听到"城市"这两个字，你顿时感受到了光芒与温暖的冲击——那些人群，那些狭窄的街道，那些高耸入云里面住满了人的房子，还有一切建筑中最高的祈年塔——还有那些在阳光下散发着热力的运动场，那些在夜晚遍布灯光和音乐的广场，你可以坐在小酒馆的桌旁一边喝着荑，一直跟人谈天到半夜——还有那些老朋友，你这些日子以来都没有想起过的老朋友——还有陌生人——你有多久没见过一张新的面孔了？你有多久没听过一个新的主意、新的思想了？又该去城市了，又该跟着太阳前进了！

"亲爱的，"母亲说，"我们不能带着你收集的**所有**石头去南方，你只能拿那些最特别的石头。"孩子抗议道："我一定会自己**拿着**它们！我保证！"最后孩子还是屈服了，她找到了一个特别的秘密地方，将石头都藏了起来，决定等回来的时候再把它们挖出来。她从未想过等到第二年回来的时候，压根儿就不会想起那些孩子气的石头收藏品。她也没有意识到自己开始一直想着通向南方那未知的大陆的漫长旅程。城市！在城市里能做些什么呢？那里有收集石头的活动吗？

"有的，"父亲说，"在博物馆里。都是些很好的收藏品。等你上学之后，老师会带你去看所有的博物馆。"

上学?

"你会喜欢的。"母亲以不容置疑的口吻说。

"这世界上没有比做学生更好的了,"凯基姨妈说,"我真的很喜欢学校,我想今年我会去学校教书。"

向南方的迁徙与向北方的迁徙完全不同。人们不是分散的,而是聚集在一起。迁徙也不是无组织无计划的,而是由一个地区的所有家庭一同在数天之前就制定出计划。他们以五个、十个或十五个家庭的规模一同出发,晚上也一同宿营。他们用手推车和独轮车携带着充足的食物、烹饪器具、预备在没有树木的平原上使用的燃料、预备在山中小径穿的寒衣,还有预备在有人生病时使用的药物。

在向南方的迁徙中,没有老人——没有那些按我们的年份计算已有七十岁以上的老人。那些已经来回迁徙过三次的人不会离开。他们聚集在农场或农场附近的小镇中,也有些人一直和自己的配偶(或独自)住在他们度过春天和夏天的房子里。(我想,克格梅戈说他一直遵循着他族人的方式,只除了一个方面,这大概就是指他没有待在自己的家里,却来了这个岛。)去向南方的年轻人和留在家里的老年人之间的,所谓"冬季的分别",难过、严酷。但一切都是早已确定的。

只有那些留在北方的人才能见到北大陆那壮丽的秋天,才能见到那漫长的蓝色薄暮,才能见到湖中的第一片薄冰。有些人会画画,或留下一些信件,向他们那些永远不会再见面的儿孙描述这些景象。很多人在漫长、黑暗而寒冷的冬天到来之前就死去了。没有人能活到春天再次归来的时候。

等到迁徙的团体来到中央陆桥附近时,来自东方和西方的团体会与他们相遇,夜晚到来时,人们会点燃一堆堆的篝火,目力所及之处,大草原上处处都是这样的营火。人们在营火边歌唱,沉静的歌声在小小的火焰与天上的繁星之间飘扬。

前往南方的旅程进行得不急不缓。他们轻松地前进,每天都走不远,但他们每天都在走。等到他们来到山脉脚下的小丘时,汹涌的人潮再次化为涓涓细流,分散进入数百条不同的小径中,每条小径上的人数都差不多,因为走上较少人走的路,意味着不必跟在许多人后面吃灰。在山脉的最高处,所有的小径又合并为仅剩的数条,大家又不得不聚在一起。他们兴致高昂地互相打招呼,分享食物、营火和帐篷。所有人对小孩都很和善,这些半岁大的小家伙们经常会觉得陡峭的山路难于行走,也经常会感到恐慌,大人们为了孩子会放慢行进的速度。

在某个夜晚,人们正觉得可能永远也走不出山脉的时候,他们穿过了一条高耸的石头小径,来到了瞭望处——"面南石",或称"上帝之喙",或称"突岩"。他们站在那里,极目远眺,俯视着南面被阳光映成金色的平原,那些一望无际的野生稻谷,还有远方的一片淡紫色痕迹——那正是"阳光下的城市"的城墙和塔楼。

在下山的路上,他们走得快了,吃得也少了,在他们身后,扬起了大股的烟尘。

他们终于来到了城市——总共有九座城市,特科·科特是其中最大的一个。这些城市矗立在静默的沙漠中，阳光照耀着它们。人们冲进城市的大门和房屋的小门，他们挤满了街道，他们点燃了街灯，他们从满溢的水井中打水，他们将他们的铺盖丢在空空如也的房间里，他们站在窗前或屋顶上，互相快乐地呼喊着。

城市中的生活与农场中的生活是如此不同，孩子们简直没法相信；他们烦恼，他们怀疑，他们不快乐。他们开始抱怨这里的嘈杂和高温。他们说，这里没有一个能让他们单独待着的地方。最初几个夜晚，他们会因思乡而流泪。不过，等到学校组织起来之后，他们就都会去上学，在学校里，他们会遇到所有那些和他们差不多年纪的孩子，他们所有人都是同样烦恼、怀疑、不快乐、害羞、因兴奋而变得热切。他们在家都学过读书、写字、做算术，就像做木工和种田一样，都是父母教的。但是，这里还有高级课程、文学、博物馆、艺术馆、音乐会，还有教授艺术的、教授文学的、教授数学的、教授天文学的、教授建筑学的、教授哲学的老师——这里还有各种运动、比赛、体操，在城市里的某个地方每天都会举行舞会——最重要的是，世界上所有的人都聚集在这里，都住在那黄色的城墙里面，每天都会见面、交谈、一起工作、一起思考，在这里，人的思想总是处于一种骚动的状态。

在城市里，孩子们的父母通常不会住在一起。城市生活不是以两个人为单位，而是以一群群的人为单位。夫妻会分散开，各自追随自己的朋友、理想和事业，不时地也会见到面。孩子们最初会跟父母中的一个住在一起,但不久之后,他们就会离开父母,住到年轻人的团体之中:社区宿舍或学校中的宿舍。年轻的男女都住在一起,年长的男女也是一样。对于一个没有性欲存在的地方而言,性别就显得没什么重要的了。

因为在阳光下的城市中,人们会做各种各样的事,但他们不会做爱。

他们有爱,他们也有恨;他们会学习、制作物品、努力思索和工作玩耍;他们充满激情地享受,充满绝望地痛苦,他们的生活是正常而充实的人类生活。他们的脑子里绝不会冒出一个关于性的想法——克格梅戈面无表情地补充说,除非此人是个哲学家。

他们的成就,他们民族的纪念品,全部都在那些阳光下的城市中。克格梅戈曾给我看过一本画满了图画的书,画中的城市里,那些塔楼和公共建筑的风格非常奇特,从严谨的朴素到炽烈的华美都有。他们的书籍是在城市中写就,他们的思想与宗教是在无数个世纪之前从城市里发源。他们的历史,他们文化的延续性,都在城市中体现了出来。

而他们作为一种生物的延续性则在北方才会体现出来。

克格梅戈说,他们在南方的时候根本就不会想着关于性的事。虽然这对于我们来说是难以想象的,但我不得不相信他,因为他说这话时的口吻完全就是在讲述事实。

尽管我在这里很想用一两个词来概括他告诉我的事情,但如果将他们在城市中的生活概括为"禁欲"或者"贞节",似乎都并不恰当。因为这两个词暗示着,欲望实际上是存在的,只是人们被迫或自愿地抗拒欲望。他们不需要抗拒欲望,不需要节制欲望。或许我们可以说,从根本上来说他们是无邪的。他们的婚姻生活在他们的记忆中毫无意义。如果一对夫妇在南方仍然住在一起,或者经常见面,那也不过是因为他们同时也是好朋友——因为他们是相爱的。但他们同时也爱着自己的其他朋友。他们不会和其他人分开。在城市中的公寓式住宅里没有什么隐私可言——没有人介意隐私这回事。那里的生活是公共的,积极的,社交的,友善的,并且充满了欢乐。

但是,白天逐渐变得越来越暖和,空气也变得越来越干燥;一种不安的气氛在弥漫。人们的影子和建筑的阴影开始向另一个方向倾斜。然后,人们聚集在一起,听着司年的牧师宣布至日的到来。他们看到太阳停了下来,然后渐渐落下。

人们离开了城市,或单身离开,或夫妇一同离开,或一个家庭一同离开……人们血液中的荷尔蒙又开始兴奋起来,那种茫然而暧昧的冲动出现了,他们的身体知道,属于它的王国即将到来。

年轻的人们盲目地跟随着自己的身体,他们甚至不知道他们的冲动。对于那些已经结了婚的夫妻而言,他们那原已暗淡的记忆又鲜明起来,变得非常甜蜜。回家,回家和自己的爱人在一起!

他们在城市中度过的数千个日日夜夜,连同他们所学到的、所做出的所有东西,全部都被他们抛在了脑后。直到他们再次返回南方……

"这就是我们之所以容易被引领转变方向的原因，"克格梅戈说，"因为我们在北方和南方的生活，在你们这些外人看来太不一致了，所以你们觉得我们的生活没有连贯性，根本就不完整。我们也没法用理性的语言来向他们解释我们为什么要这样做。我们不能向那些只有一种生活的人解释我们的玛丹，更不能证明它对我们的意义。贝德拉人来到我们位面的时候，他们说，我们的所谓'方式'不过是生理冲动罢了，还说我们是像动物一样生活。我们感到很羞耻。"（后来，我在《位面百科全书》里面查询克格梅戈所说的"贝德拉人"，我发现他说的原来是乌农位面的贝德尔人，他们个性积极、富有进取心，拥有发达的科技，还曾经数次遭到位面管理局的警告，原因是干预其他位面的发展。专为游客而编写的介绍书籍则宣称该位面"能够引起工程师、计算机程序员和系统分析学家的兴趣"。）

克格梅戈说起这些的时候，声音中有一种痛苦，腔调都变了。他们是第一批从其他位面到来的访客，那时克格梅戈还是个孩子。从那以后，他也经常思索关于其他位面的人的问题。

"他们告诉我们，我们应该控制自己的生活。我们不应该把自己的生活分成毫不相干的两部分，而应该将它们合二为一，永远都过同样的生活，因为所有的智能生物都是这么做的。他们是一个伟大的民族，拥有许多知识、发达的科技，生活轻松而又奢侈。相对他们而言，我们确实比动物强不了多少。他们告诉我们很多事情，还让我们去看其他位面上的人是怎样生活的。我们感觉到，在我们生命的一半时间当中都享受不到性的快乐，实在是很愚蠢的做法。我们感觉到，用我们的双脚在南北两块大陆之间迁徙浪费了大量的时间和精力，我们可以制造轮船，或者修建道路、乘坐汽车，或者坐飞机，要是我们乐意的话，我们一年可以在两个大陆之间来往上百次。我们发现我们可以在北大陆建立城市，在南大陆建立农场。为什么不呢？我们的玛丹不符合经济规律、没有理性，只是一种动物性的冲动在控制着我们。我们只要吃下贝德拉人给我们准备的药物就可以摆脱它了。而我们的孩子连药都不用吃，贝德拉的基因科学家们会改变他们的遗传密码。女人可以在更年期之前的任何时候怀孕——甚至在南方也可以。小孩的数目也不会再受到限制……他们很乐意将这些药物送给我们。我们知道他们的医生非常睿智。他们来到我们这里之后，很快就用神奇的疗法治好了一些病入膏肓的人。他们知道的事情很多。我们看到他们乘坐飞机在天空中飞翔。我们羡慕他们，而对自己的无知感到羞耻。

"他们为我们带来了各种机器。我们尝试着在我们那狭窄的石头路上驾驶他们送给我们的汽车。他们派一些工程师来指导我们，我们开始建设一条巨大的高速公路，直接穿过我们的中央陆桥。我们用贝德拉人给我们的炸药炸平了山脉，这样就可以把高速公路建得又平又宽阔，由南到北，由北到南。我父亲参加了高速公路的修建。有一段时间，参与修建高速公路的人多达数千个，都是从北大陆的农场走出来的男人……只有男人。

他们不允许女人去做这种工作,因为贝德拉女人不会去做这种工作。他们告诉我们,男人去工作的时候,女人应该在家里照顾小孩。"

克格梅戈沉思着,轻啜了一口黄,然后将眼神投向闪着光的大海和星空。

"女人们从农场里走了出来,和她们的丈夫谈话,"他说,"她们说,也要听听她们的意见,而不能只听贝德拉人的……也许女人并不像男人那样感觉到羞耻。也许她们的羞耻感和男人的是不同的,她们只会为自己的身体而感到羞耻,而不会为自己的思想而感到羞耻。她们对汽车、飞机、推土机之类的东西不太关心,但她们非常关心那些将会改变我们的药物,改变谁做什么工作的规则。毕竟,照我们的习俗,孩子是女人生的,但是父母双方都要抚养孩子。女人们问,为什么孩子要让母亲一个人来照顾呢?一个女人要怎样才能照顾四个甚至更多的小孩呢?这是不人道的。还有,在城市里,为什么还要一家人住在一起呢?孩子不再需要父母了,父母也不再需要孩子了,他们都有其他的事情要做……女人们向男人们讲述了这些疑惑,于是我们所有人一起去向贝德拉人提出我们的意见。

"他们说:'一切都会改变的。你们会看到的。你们的逻辑完全错误,那只是你们体内的荷尔蒙在作怪,你们的基因编谱不正确,我们会将这些问题修正的。然后,你们就可以摆脱你们那种非理性的、毫无用处的行为模式。'

"我们反问道:'但我们能摆脱你们那种非理性的、毫无用

处的行为模式吗?'

"在高速公路上工作的男人扔下手中的工具,丢掉了贝德拉人提供的大型机器。他们说:'我们已经有许多条自己的路了,还要这条高速公路做什么呢?'他们沿着那些旧有的道路和小径回到了南方。

"你要知道,这些事情都是在我们居住在北大陆,即将向南大陆迁徙的时候发生的——我认为这是件幸运的事。在北大陆,我们不会居住在一起,大部分的时间都花费在求爱、做爱和抚养小孩上面,所以那个时候我们有些——该怎么说呢——我们有些短视,有些过于感性,容易受到诱惑。而在准备迁徙到南大陆的时候,我们又开始聚集在一起了。等到我们来到南方,所有人都回到阳光下的城市之后,我们就召开了议事会,互相争辩,聆听其他人的意见,思索怎样才是对我们最好的。

"在做完了这些事情之后,我们又与贝德拉人进行了交涉,允许他们宣传他们的观点。后来我们举行了一个大会,我们称其为"全民公决",根据传说和祈年塔中的古代记载,上古时候我们也举行过这样的大会。每一个安萨人都要前往城市中的祈年塔,投下自己的一票:我们是应当遵循贝德拉人的规矩,还是我们的玛丹?如果我们决定遵循他们的规矩,他们就会留在我们这里;如果我们决定选择我们自己的玛丹,他们就必须离开。我们选择了我们的方式。"他笑了起来,发出柔和的咯咯声,"那时候我只有半岁大。我也投下了我的一票。"

显然,我没有必要问他将自己的票投到了哪一边。不过,我问他，贝德拉人是否愿意离开。

"有些人与我们争论，有些人则发出威胁，"他说，"他们谈起了他们之间的战争和他们的武器。我很确定他们有能力完全毁灭我们。但他们没有这么做。也许是因为他们非常鄙视我们，懒得动用那些武器。或者他们那边又爆发了战争，所以他们必须回去。这个时候，位面管理局的人也来到了我们这里，我觉得贝德拉人之所以和平离开很可能与他们有关。我们中的大部分人都被吓怕了，所以我们举行了另一次投票，决定不让更多的访客来到我们这里。所以现在位面管理局只允许游客来到这个岛。其实，我不太确定我们的选择是否正确。有些时候我觉得我们做得对，有时则不然。我们为什么要害怕其他的人，其他的生活方式呢？不可能所有人都和贝德拉人一样。"

"我想你们的选择是正确的，"我说，"但我得说，我并不希望你们将自己封闭起来。我真的很想要见见一位安萨女性，看看你的孩子们，瞻仰阳光下的城市！我真的很想看看你们的舞蹈！"

"哦，好啊，你可以看舞蹈。"他说着站起身来。也许那天晚上我们喝的莫比平时略微多了一点。

他站在阳台上，脚下是闪着光的黑暗沙滩。他挺直身体，双肩向后压去，他的头扬了起来。他头上的羽毛渐渐竖立起来，在星光下闪烁着银色的光泽。他将双臂举到头顶上。

这种舞蹈和古代的西班牙舞蹈有些接近，文雅端庄却又散发着激情，跳起舞来全身的肌肉都是绷紧的，充满了男子气息。他没有跳起来，毕竟他已经是个八十岁的老人了，不过他做了个跳的动作,然后优雅地深鞠一躬。他的喙以一种特殊的韵律敲出喀喀的声音,然后跺了两下脚,而且,在上身保持直立的同时,脚下似乎还在跳着一种极其复杂的舞步。然后他的双臂伸展开来,向着我做出一个拥抱的姿势。但我这个时候仍然坐在那里,我在这舞蹈中那种纯粹的美和强烈的感染力面前惊呆了。

然后他停了下来,开始大笑。他有点喘不过气来了。他坐了下来,有些气喘吁吁地用手抚着自己的前额和头上的羽毛。"这毕竟不是求爱的季节啊。"他说。

社会性的梦境

注：本文大部分信息来自米尔斯学院出版社出版的《对于弗林位面的梦的调查》一书，以及同弗林学者和朋友的交谈。

在弗林位面，梦不是私人的财产。一位饱受困扰的弗林人没必要躺在长沙发上，向心理医生一五一十地叙述自己的梦——医生早就知道病人昨天晚上梦见了什么，因为医生本人也梦到了；而另一方面，病人也做了医生的梦。事实上，所有住在附近的人都是这样。

如果弗林人想逃离其他人的梦，或拥有一个只属于自己的、秘密的梦，他必须一个人进入荒野之中。而即使是在荒野之中，他们的睡眠也会受到动物的梦入侵，那些属于狮子、羚羊、熊和老鼠的奇怪的梦。

弗林人在醒着的时候，以及睡眠中的大部分时间，都和我们一样，感受不到其他人的梦。只有正处于睡眠中的 REM 阶段以及正接近该阶段的人，才能参与到其他同样处于 REM 阶段的人的梦中。

REM 是"快速眼球运动"（rapid eye movement）的缩写，眼球的快速运动是该阶段睡眠的一个可见特征；此时睡眠者的脑电波处于一种相当独特的状态。我们所能记得的梦大部分都是在 REM 睡眠阶段产生的。

弗林人和我们位面上的人在 REM 阶段时的脑电波扫描图非常接近，但也有一些显著的不同，这也许正是弗林人能够分享梦境的关键所在。

若要满足分享梦境的条件，睡着的人们之间必须离得相当近。一般来说，弗林人的梦的传递范围与普通人的说话声差不多。做梦者方圆一百米之内的所有人都能够很容易地接收到这个梦，而这个梦境的碎片往往可以传递更远。在远离其他居民点的地方，一个强大的梦很可能能够传播两千米甚至更远。

在一幢偏远的农舍当中，弗林人的梦只会与同住在此的家人的梦相互混合，其中还混杂着畜棚中的奶牛、门槛上的狗在睡眠中所听到、嗅到和看到的东西。

在村庄或小镇当中，人们居住的房屋相隔不远，生活在此的弗林人每天晚上都游走于他们自己的梦和其他人的梦之间，我个人觉得这种事情非常难以想象。

在一座小镇中有我的一个熟人，我曾问她前一天晚上梦到了什么。一开始她不想告诉我，说那些梦全都是没有用的，只有"强烈"的梦才值得回忆以及讨论。显然，事实上她是不想让我这个外人知道她的邻居们脑子里在想些什么。不过最终我还是设法说服了她,我告诉她我是真的只对梦感兴趣,并不是想窥探他人的隐私。她思索了一会儿,说,"呃,有一个女人——在梦里,那个女人就是我,或者有一部分是我,不过我认为这个是市长夫人的梦,他们就住在街角。不管怎么说,这个女人试图找回去年丢失的一个婴儿。她把这个婴儿丢进梳妆台的抽屉里,然后就把这件事给忘了,而现在我开始,不,是她开始担心他——他有东西吃吗?从去年到现在?哦,老天啊,我们在梦里可真蠢。然后,哦,对了,有一个裸体的男人和一个矮子在吵架,吵得很吓人,他们是在一个空的蓄水池里。这个梦可能是我自己的,或至少开始时是我自己的。因为我认得出那个蓄水池。它就在我祖父的农场上,我小时候是在那里长大的。但很快他们两个都变成了蜥蜴。然后——哦,对了!"她大笑起来,"我被一对巨大的胸部压在下面,乳头好像是尖的。我想那可能是隔壁那两个十几岁的男孩的梦,因为我很害怕,但同时又有点欣喜。还有什么来着?哦,一只老鼠,看起来很美味,而且不知道我藏在那里,我正准备扑向它,但这时出现了一个可怕的东西,一个梦魇——一张没有眼睛的脸——还有一双巨大的、长着长毛的手在摸我——这时我听到了隔壁那个三岁的小女孩在尖叫,因为我也醒了过来。那个可怜的孩子整晚都做噩梦,差不多把我们全都搞疯了。哦,我真的不想回忆那些梦。我们把大多数的梦都忘了,这可真是件值得高兴的事。如果我们全都能记起来的话,该有多可怕啊!"

做梦是一个周期性的,而非连续的活动,因此在小社区当中,每天晚上会有几个小时,在这段时间里,一个人的"梦境剧场"——如果可以这样称呼的话——舞台上空空如也,一片黑暗。在弗林定居者的群体当中,所有人似乎都倾向于同时进入 REM 睡眠阶段。当循环达到顶峰时——这样的顶峰在一夜之间大约会出现五次——每个人的脑海里都有许多梦在同时进行,以某种疯狂而又无可辩驳的逻辑互相交织、影响,从而(按照村庄中我的朋友的说法)那个婴儿在那个蓄水池中出现,那只老鼠躲进了乳房中间,同时那只没有眼睛的怪物消失在一只猪跑过时扬起的灰尘当中;这只猪是在一个新的梦,也许是在一条狗的梦中,因为猪的形象看起来相当暗淡,但气味非常特别。但在这样的一个时期结束之后,每个人都可以安稳地睡上一段时间,期间不会出现任何的梦。

在弗林人的城市当中,每天晚上一个人可能接收到上百人的梦境,因而,根据我听到的消息,那些脆弱的图像全部交叠在一起,连续不断,让人非常迷惑,以致梦的情节相互抵消,像是完全没有意义的色彩的叠加;即使是一个人本身的梦也很快就被这毫无意义的梦的混合给扰乱,就好像将一部电影投映在一块早已有一百部电影正在放映的屏幕上面,它们的音轨也全都一起播放,所以根本没有办法分辨。只是偶尔会有一个特别的姿势、声音会显得非常明显;也有些时候,会有一个特别生动的性梦或是一个可怕的噩梦,让附近所有睡着的人都开始叹息、射精、颤抖,或是喘息着醒来。

这也正是经常受到噩梦困扰的弗林人通常喜欢生活在城市

中的原因，他们自己的噩梦丢失了，只剩下"一锅大杂烩"——按照他们的说法。但其他人则难以忍受城市中那些纷扰的梦，甚至连在城市里住上几夜都不行。"我讨厌梦到陌生人的梦！"村庄中的信息提供者告诉我，"呸！我每次从城里回来的时候，都恨不得把我的脑子好好洗一洗！"

年幼的孩子们很难理解他们在醒来之前刚刚经历过的事情并不是"真的"，即使是在我们的位面上也是如此。对于弗林人的小孩而言，这种事情一定是更加令人迷惑的，因为他们经常会无意之间进入了成年人的梦境，感受到那些只有成年人才可能经历过的事情——例如曾经历过的事故、曾有过的悲伤、曾经遭到的强奸，以及同五十年前就已经进了坟墓的人之间的愤怒争吵。

但是，成年的弗林人似乎非常乐于回答孩童提出的，关于共享的梦境的问题，并且愿意与他们进行讨论。成年的弗林人会告诉孩子们，这些都是梦，但并不用"虚幻"这个词。在弗林人的语言中是没有"虚幻"这个词的；与它的意义最接近的词是"无形"。因而，所有的儿童都学会了在成年人那些无法理解的记忆、不宜说出的行动，以及难以言明的感情中生活，就像我们位面上那些生活在可怕内战中，或生活在瘟疫和饥荒中的小孩一样；或者，其实，无论在哪里都是一样。孩子们逐渐学会了什么是真的，而什么不是；什么是应该注意的，而什么是应该忽略的；这是他们赖以生存的法则。对于外人而言很难下定结论,不过据我观察,弗林人的儿童都非常早熟——是心理上的早熟。成年人对待七到八岁的小孩都是用和对待成年人一样的态度。

至于动物,尽管它们的梦无疑是在影响人类,但没有人知道人类的梦对它们的影响究竟是怎样的。在我看来,弗林人所饲养的家畜相当温顺、忠实并且聪慧。一般地说,它们都得到了良好的照顾。也许正因为弗林人和这些家畜分享了他们的梦,所以他们只用这些家畜提供劳力、乳品和毛料,但从不会吃它们的肉。

弗林人认为,动物接收梦的能力比人类更强,它们甚至可以接收到其他位面上的人所做的梦。弗林位面上的农场主们告诉我,他们的猪和牛在来自其他位面的食肉旅客到访时都被吓坏了。我曾在恩雅山谷中的一座农场住过,那天半夜,农场的鸡舍里传出了一阵骚动。我还以为是狐狸搞的鬼,但主人们说这是因为我。

那些自从有生以来都是做着混合的梦的人们说,他们一般很难辨明一个梦是从哪里开始的,以及这个梦究竟原本就是他们自己的,还是属于其他人的;但在一个家庭或一个小村庄中,人们可能很容易就辨别出一个特别的性梦或极其荒谬的梦最初是谁做的。相互之间拥有足够了解的人们可以通过梦中的特征和事件——梦的风格来判断是谁最先梦到这个梦。但另一方面,既然他们每个人都做了这个梦,这个梦也就属于他们自己了。同样的梦在不同人的脑海中会以不同的形式表现出来。而且,和我们一样,梦者的个性,也就是梦中的自己通常是模糊的,或经过了奇怪的伪装,或与白天自己的形象完全不同。那些非常令人迷惑或者令人产生强烈情感共鸣的梦往往会在第二天引发村庄中所有人进行热烈的讨论,但不会有人提到梦的最初主人是谁。

但是,和我们一样,他们在醒来的时候也会忘记大部分的梦。梦总是会遗弃它们的主人,在所有位面上都是如此。

以我们的个人经历来看,可能会认为弗林人的精神中没有什么隐私可言。但事实上,他们的隐私得到了双方面的保护:一方面,他们醒来时会忘记大部分的梦;另一方面,他们通常不会去试图确定一个梦的最初主人是谁,而梦本身也是相当隐晦。从这个角度来说,他们的梦确实是一种公共财产。在梦中,人们也许会见到一张大理石桌子上面放着一个盘子,盘中盛着一个长着络腮胡子的男人头颅,一只红黑相间的鸟正在啄食这头颅的耳朵,伴随这景象而来的还有几乎可以说是愉快的恐怖冲击——这个梦究竟是来自于乌妮娅姨妈,还是图叔叔,还是爷爷,还是厨师,还是隔壁家的女孩呢?一个小孩也许会问:"阿姨,你梦到那个头了吗?"对此的固定回答是:"我们都梦到了。"当然,这个答案是完全准确的。

弗林人的家庭以及小型居民点以家族聚居的形式为主,一般来说是和睦的,但也会有争吵和仇恨。有一群来自米尔斯学院的研究员到过弗林位面,他们记录下弗林人做梦时的脑电波,并对其进行研究;他们的共同结论是,弗林人这种公共的梦可能会有助于建立及强化社会联结,正如我们位面上的月经周期同步现象以及其他生理周期的同步现象。至于这种现象的心理作用,他们并没有做任何推测。

有时会有特别的弗林人降生,拥有强于常人的投射及接收梦的能力——从来不会偏向收或发的其中一方。弗林人将这种人称为心智强大的人。事实证明,心智强大的人可以接收到其他位面来客的梦。还有些人可以与鱼类、昆虫甚至树木共享梦境。一个名叫杜·埃尔的传奇人物声称,他可以"梦到山脉与河流的梦",但这种明显的吹嘘通常只被视为某种诗意。

甚至在出生之前,人们就会知道还在母亲腹中的宝宝是一个心智强大的人,因为准妈妈开始梦到自己住在一个琥珀色的温暖地方,这里没有方向,没有引力,到处都是阴影、复杂的韵律、如同音乐般的振动,而且经常会发生某种缓慢的、平稳的地震——整个社区都会为这样的一个梦而兴奋莫名,但另一方面,这也经常会使得妊娠末期的孕妇产生压力和紧张感,某些时候甚至会造成幽闭恐惧症。

随着心智强大的孩子逐渐成长,他/她的梦可以触及的距离达到了普通人的两到三倍,并且能够覆盖或吸收范围内所有人此时做的梦。如果这样的小孩生了病、遭到虐待或者不开心,则他/她会产生噩梦,或不成熟的妄想,这会使附近的所有人都无法安眠,甚至连接近的其他村庄也会受到影响。因此,这样的孩子通常都会得到悉心照顾,人们为了让他/她开心、健康会尽其所能。如果其家庭没有能力或不愿照顾这个孩子，则他们居住的村庄或城镇也会进行干预，整个社区的人都希望能够保证这个孩子白天过得安心，晚上睡得舒心，做个好梦。

"世界性的心智强大者"是一些传奇性的人物，据说这种人的梦境能够为世界上所有人所接收，同时其本人也接收了世界上所有人的梦。这样的人被视为圣人，受到人们的尊敬，现世的心智强大者也以这些人作为自己的偶像和目标。事实上，心智强大的人所受到的精神压力非常巨大。他们从来不会住在城市中：梦到整个城市的人所做的梦会让他们发疯的。他们中的大部分人非常安静地聚居在一些小村镇中，晚上睡觉时，他们两两之间的距离都相当遥远。这是为了练习如何"做好梦"，其实只要不做噩梦，所有人就都心满意足了。但也有些人成了导师、哲学家和空想家。

在弗林位面上仍然有许多部落社会存在，米尔斯学院的研究者们也访问了其中几个。根据他们的报告，在这些部落当中，心智强大者的地位相当于先知或萨满祭司，同时也拥有与此地位相对应的特殊权利和特别惩罚。如果在饥荒当中，部落里的心智强大者做了一个沿河而下，在海边找到食物充饥的梦，则整个部落的人都会有相同的梦境，于是他们就会收拾行囊，开始向下游走去。如果他们在途中找到了食物，或在海边找到了可以吃的贝类或海草，则部落中的心智强大者会得到最好的一部分作为奖赏；但如果他们什么都没有找到，或者与其他的部落发生摩擦，则他们的心智强大者——这时候已经被称为"心智扭曲者"了——将遭到痛打，或被驱出部落。

部落中的长老告诉研究者们，只有在其他条件支持的情况下，部落议事会才会遵从心智强大者的梦境指引。心智强大者们本身也要求大家谨慎对待梦境。在东祖德比乌部落中的一位先知对研究者们说："我对我的同族说：有些梦是告诉我们一些我们想要相信的事情。还有些梦告诉我们一些我们惧怕的事情。还有些梦是告诉我们一些我们知道、但可能我们自己并不知道我们知道的事情。而告诉我们我们所不知道的事情的梦，是最稀少的。"

弗林位面与其他位面之间的联系已存在了一百多年，但原始的乡村风景和平静的生活方式并没有为它带来大量的游客。许多旅游者根本不敢访问这个位面，因为他们觉得弗林人是一些"吸灵者"和"窥隐私狂"。

大多数的弗林人仍然居住在农场、村庄和小镇中，但他们的城市和科技都在迅速地发展。尽管只有得到"全弗林"政府允许才能引入科技，但申请引入科技的公司和个人都在快速增长。大多数弗林人欢迎城市化进程和科技的发展，他们认为，正是因为他们的心智强大者接收到了其他位面来客的梦，才造成了这种结果。"来这里的人们做着种种奇怪的梦，"凯普斯的历史学家图拔说，他本人也是一个心智强大者，"我们的心智强大者走进了他们的梦境，并将他们的梦境和我们的梦境联系在一起。所以我们所有人都开始看到我们从未梦到过的东西。大批的人群、电脑网络、冰激凌、繁荣的贸易、许多让人愉快的小东西和有用的工具。'难道这些只能在我们的梦中出现吗?'

我们不禁要这样询问，'难道我们不应该把这些东西应用到我们的现实当中吗？'所以我们就这样做了。"

另外一些思想家则对于其他位面的人抱有一定的怀疑态度。最令他们感到困扰的是，其他位面来客的梦不是交互的。心智强大者可以接收其他位面来客的梦，并将其传送给其他的弗林人，但其他位面的来客无法分享弗林人的梦境。我们不能进入他们的幻想盛宴。我们和他们不处于同一个波长。

米尔斯学院的调查者们希望能够弄清楚可交流梦境的机制，但他们失败了，弗林位面的科学家们也同样失败了。到目前为止，没有任何人能够做到这一点。在位面旅行者机构的广告材料中，经常提到"传心术"这个词，但这只是一种标签而非解释。研究者们已经证实，弗林位面上所有哺乳动物的基因编程包含共享梦境的能力，但这种能力的原理至今仍未查明，只能确定它一定与睡眠者的脑电波同步现象有关。来访的其他位面游客不会同步；他们不会加入每天晚上电脉冲的合唱。但他们却在无意之间——就像一个耳聋的小孩在叫喊一样——将自己的梦发送给了附近的心智强大者。而且，对于大多数弗林人来说，这与其说是分享，倒不如说是污染或者感染。

"我们的梦存在的目的，"法尔弗利特的哲学家索尔德雅如是说，她是古代德尤大迁徙时期的一位心智强大者，"是为了拓宽我们灵魂的界限，让我们想到一切可能想到的：让我们脱离自我的严格控制和固执自满，让我们感受到附近所有其他生物的恐惧、希望和快乐。"同时，她还认为，心智强大者的义务是增强梦境,将它们聚焦——不是为了反映现实生活或新的发明,只是为了感受数不胜数的经验和感情(并不只限于人类),从而更好地理解这个世界。最伟大的做梦者所做的梦,只要普通人得以窥其一斑,便能发现隐藏在所有日日夜夜间混沌的刺激、反应、行动、语言、意图和想象之下的规律。

"在白天我们是分裂的,"她说,"在夜晚我们则结成一体。我们应当遵循我们自己的梦,不应该遵循那些无法在黑暗中加入我们的陌生人的梦。对于这些人,我们可以和他们交谈,我们可以向他们学习,或将我们所知道的教给他们。我们应当这样做,因为这是白天的规则。但夜晚的规则与此不同。那时,我们会结成一体,而他们则无法加入我们。我们所做的梦正是我们在夜晚所应走的道路。他们知道我们在白天是怎样的,但不知道我们的夜晚是怎样的,更不知道我们在夜晚所走的道路。只有我们自己才能找到自己的路,遵循身为指路明灯的心智强大者指引,遵循我们的梦。"

索尔德雅的"夜晚所应走的道路"与弗洛伊德的"通向无意识的大路"[1]这两个提法有些相似,这也引起了许多人的兴趣,但我认为这种相似只是表面上相似而已。来自我们位面的访客也曾与弗林人探讨过精神分析学,但无论是弗洛伊德的观点,还是荣格关于梦的理论都不能引起弗林人的兴趣。弗林人的

---

1 指弗洛伊德所著的 *Dream: The Royal Road to Unconscious* 一书,该书名通常译作《梦的解析》。

"通向无意识的大路"并非为个人所独有,而是许多人的共同财富。虽然在梦境中的感觉是经过了大量的扭曲、伪装和象征手法才得以表达出来,但它仍然属于附近的所有人。无论弗林人的无意识是属于集体还是个人,但至少,它不是埋藏在经年累月的逃避和拒绝之下的黑暗之泉,而是某种巨大的、月光照耀下的湖泊,所有的人每天晚上都会来到湖边的沙滩裸体沐浴。

因此,弗林人不会将梦解释为一种揭露自我的方法,或对于自己的质问以及调整。他们的梦甚至连种群意义都没有,因为动物也会分享他们的梦,也只有通过这个方法,弗林人才能与他们的动物交谈。

对于他们而言,梦是与世界上所有有感觉的生物的一种交流。它让"自我"的概念遭受了深深的质疑。我只能设想,对于他们而言,进入睡眠就意味着完全放弃自我,进入(或重新进入)无限的存在当中。死亡对我们所做的事情也大抵如此。

海根的王室

海根是一个小而舒适的位面，拥有绝佳的气候和极其繁茂的植被。在这里，如果你想用午餐或是晚餐，只需把手向上一伸，就能摘到成熟多汁、被太阳晒得微热的珍奇异果；或者也可以坐在一丛灌木下面，任黄油口味的果子掉到腿上或是直接落到嘴里。饭后的甜点是又脆又甜，还带着点酸味的花楸花朵。

四五个世纪之前，海根人非常富有进取心和活力，那时候他们建造道路、城市、高贵的乡间别墅和宫殿，周围都是这种美味的花园。此后他们进入了相对平稳的阶段，而现在他们仅仅是居住在漂亮的住宅里而已。他们也有爱好。有些人种植、培育品种更为优良的葡萄（海根葡萄自己会发酵，一小串葡萄就有着凯旋香槟的味道、气息和效果。摘下来之后，葡萄的酒精浓度会达到百分之四十到四十五，还会变成麦芽酿威士忌酒的味道）。有些人驯养一种叫作乔基的短腿而温顺的小家畜。有些人为教堂制作精美的布帘。更有许多人在运动中寻找乐趣。他们都非常喜爱社交聚会。

在这些聚会上，人们都打扮得很漂亮得体。他们会吃一点葡萄，跳跳舞，此外就是交谈。这些交谈是没有重点的，也许可以说是乏味无趣的。话题包括葡萄的品种与质量，讨论技术上的细节；还有经常是万里无云的天气，不过也常有下雨的危险，或已经在下雨了；此外常被提及的还有运动，特别是海根特色的体育活动萨特普球：这种运动需要一块几英亩大的场地，两支队伍，许多条规则，一个大球，地上要有几个小洞，一堵活动围墙，一根短而扁平的球棍，两个拱形竿，四个裁判员，一场比赛要进行好几天。从来没有一个非海根人能够真正理解萨特普球。海根人讨论上一场比赛的时候，非常严肃认真，不放过每一个细节。其他还有关于如何驯养乔基，以及教堂的装饰物的话题。从没有人讨论宗教或是政治。也许是因为这些东西实际上并不真的存在，至少已经被缩减为一系列纯粹的走过场仪式了。而此前被这些事情占据的地方已被填满了，那就是海根社会的中心、焦点和基础，能够最好地描述它的词语就是，血缘亲密程度。

在一个这么小的位面上，每个人都与其他人有着各种各样的亲戚关系。而它又是一个君主国，或者不如说是一系列小的君主国。这也就意味着，几乎每个人都是一位君主或一位君主的后裔。所有人都是王室的一个成员。

从前，拥有高贵血统者的泛滥引起了许多麻烦和争执。有权继承王位的人彼此残杀；有一个被称为贵族大净化的漫长而充满暴力的时期，发生了一场名叫阋墙之战的战争，其中一段短暂而又血腥的历史称为表兄弟之乱。但在易杜伯·斯帕格十二世统治期间，所有的家族内斗就都消匿于无形了，因为记录血统和出身的《血缘之书》横空出世，以其无人可置疑的权威消灭了所有内斗的动机。

现在此书已有了四百八十八年的历史，而我可以毫不夸张地说，它是海根每个家庭都必备的一件中心装饰品。它是唯一一本所有人都读过的书。大多数人都将与自己家庭有关的部分牢记在心。每年公布《血缘之书》修订版的日子被认为是最重要的年度盛事。在此后的数月中，《血缘之书》修订的内容一直都会是人们的谈资：列维家族在老王子列维格威格死后，令人悲哀地灭亡了；恩杜四世和马杜伯女公爵门当户对的婚姻，以及他们为斯瓦德家族生下新继承人的可能性；拉根男爵令人难以置信地登上了东福布的王位，因为他的伯祖、伯父和堂兄在一年之内全都去世了；以及依据皇家编辑部的特赦令，赐予艾格摩格的私生子的重孙以正式的身份和地位。

海根共有八百一十七个国王。每一个国王都对特定的土地、宫殿或至少宫殿的一部分拥有权利，但统治一个地区并不是使一个国王成为一个真正国王所必需的东西。真正必需的东西是，拥有王冠并在某些场合（比如另一个国王的加冕礼）一定要戴着它；在《血缘之书》上的记载中具有不可置疑的血缘；在每年当地的萨特普球比赛开赛时到场观看；在每年的祝福捕鱼节上也一定要到场；他的妻子必须是王后，长子是王储，他的兄弟必须是皇家王子，他的姐妹必须是皇家公主，他所有的直系亲属和他们的所有子女都必须有皇家的血统。

为维持贵族阶层的统治，必须严格控制有高贵血统的人，只允许他们与有同样高贵血统的人通婚。幸运的是，这种人有很多。在我的位面上，只要是一匹良种马，其祖先必然能追溯到高多芬阿拉伯；类似地，海根的每个贵族家庭都是八个世纪前的统治者海根·格兰德·拉格兰的后裔。马匹并不介意自己的祖先是打哪儿来的，但它们的主人介意，而这里的国王们和贵族家庭也是一样。从这个角度上来看，海根倒是很像一个大型的种马养殖场。

虽然没有人明说，但人们都认为，有一些贵族家庭比另一些更为高贵一些，因为这些家庭是拉格兰长子的直系后裔，因此就比拉格兰另外八个儿子的后裔高贵一点；但所有的贵族家庭都有数次与皇室核心血脉通婚的记录，足以建立不可磨灭的联系。每一个家族也都有自己特有的家族特色，比如说是北海根传奇的征服者"斧头"艾尔菲根的后裔，或者是圣徒的旁系亲属，或者说自己的家族从没有跟仅仅拥有公爵或女公爵头衔的人通过婚，而是连续生出了没有任何血统掺杂的真正高贵的王子和公主们，正如同在宫殿里翻开展示着的《血统之书》中记载的那样。

因此，当一年一度的修订版话题终于变得无趣起来时，贵族晚会上的贵族客人们就会去谈论血统的高贵程度，讨论关于雅各宁四世与第二任妻子夏特·蒂万德生下的那个儿子究竟是不是那个在十三岁时为了保卫皇宫，被叛乱军杀死的王子，以及随之而来的，他究竟是不是维格利根公爵，此后的夏特国王的父亲等问题。

这些问题并不是对所有人都有吸引力，而这种对于血统的不受任何干扰的狂热使得海根人让来到他们位面的访客感到厌倦或被冒犯。实际上海根人根本不对除了他们本身之外的人们抱有任何兴趣，这更是令得游客们怒火中烧。外人是存在的。这就是海根人对于外人的所有了解，或者说他们需要知道的就这么多。他们太有礼貌了，以至于不能说外人的存在是一件憾事，但如果他们必须要仔细考虑一下的话，他们就会这么认为的。

无论如何，他们并不需要去考虑外人。他们有专门负责照料外人的专业人士。海根的位面旅行者宾馆坐落于赫姆格根，一个西海岸边的美丽小王国。宾馆由位面管理局的分支机构经营，为旅行者们雇用当地的导游。导游通常是公爵或伯爵，他们带领游客去观看每天正午和六点各一次的城墙守卫更替，实际上这些守卫都是皇室王子，戴着传统而华贵的徽章。代理处也向游客提供到其他几个王国的一日游。巴士稳稳当当地行驶在古旧但却永远不会损坏的道路上，道路两旁都是日照下的果树。旅行者们走下巴士观看遗迹，或是走进宫殿中对游客开放的部分。宫中的居住者态度冷淡但却非常有礼貌，因为真正的贵族正应该如此。也许王后本人也会走下来，而且虽然她并没有看那些旅行者一眼，却能让他们感觉到她在向他们微笑。她会教导身边漂亮的小公主，让她邀请旅行者们在果园中随意采摘进食，此后她们就会回到宫中不开放的部分，旅游者们吃完午餐,回到巴士上。事情就是如此。

作为一个性格内向的人,我很喜欢海根。在这里不需要与当地人交际,因为那不可能。食物也很不错,阳光非常宜人。我不止一次地前往那里,而且逗留的时间也比大多数人长。所以我很碰巧地得到了关于"海根平民"的信息。

我在赫姆格根的首都——莱格纳城的主街上漫步时,突然看到一群人聚集在殉道者教堂前面的空场上。我以为这一定又是什么一年一度的仪式或者节日,于是就加入人群中打算好好看看。这些活动通常都是缓慢、正派、得体,而且非常之无趣的。但这些也是仅有的公众活动,而且单调乏味中潜藏着特有的魅力。不过我还是很快发现,这是一场葬礼。而且它与我见过的任何海根仪式都绝不相同,最主要的区别是在人们的行为举止上。

当然,这些人都是贵族,所有海根人都是贵族,都是王子、公爵、伯爵、公主、女公爵、女伯爵之类。但他们此刻并没有表现出我熟悉的那种王室的矜持、统治者的沉着或高贵的冷漠。他们站在广场上,在此刻他们并不履行任何被指定的仪式职责,或是从事传统消遣、爱好,而仅仅是聚集在一起,好像只是为了寻求慰藉。他们很不安、悲伤、紊乱,而且濒临变得嘈杂的边缘。他们表现出了感情。他们在悲痛着,不加掩饰地悲痛着。

在人群中离我最近的人是摩根与法斯提斯公爵的遗孀,杜瓦格尔女公爵,王后的伯母。我知道她是谁,这是因为我曾见过她,每天早上八点半,她都会从王宫里出来,带着国王的宠物乔基在王宫花园中散步,而我住的宾馆就在花园的墙边。代理处有一位导游把她的信息告诉了我。我从宾馆早餐室的窗口向外张望,我能看到,当那只有大睾丸的乔基在开满鲜花的灌木丛下排泄时,杜瓦格尔公爵夫人就会眼神凝滞地望着远方,像一个真正的贵族一样。

但现在这双眼睛中却充满了泪水,而公爵夫人那温柔而饱经风霜的脸也在极力控制着自己的表情。

"尊贵的女士,"我希望即使我对这位公爵夫人的称呼是错的,我的翻译器也能帮助我改正,"请原谅,我是从外地来的,这是谁的葬礼?"

她看向我,眼神却仿佛没有看到我一样。看得出她微微有些吃惊,但她过于悲伤了,以至于没有注意到我的无知或者是厚颜无耻。"希西。"说出这个名字又使得她难以抑制地抽泣了一会儿。她转过身去,用一张带花边的大手绢遮住了脸,而我再也不敢去问什么了。

人群以很快的速度持续增长着。当棺材被从教堂里抬出来的时候,有一千人以上聚集在教堂门口的广场上,这几乎是莱格纳城的全部人口了。所有这些人都是贵族家庭的成员。国王本人和他的两个儿子还有他的兄弟跟在棺材后面,但却保持着一定的距离。

抬棺材的人和紧紧围在棺材边的人们是一些我从来没见过的奇怪人士——几个苍白肥胖,穿着便宜套装的男子;脸上有粉刺的男孩;长着黄铜色头发,穿着细跟高跟鞋的中年女人;还有一个穿着十分暴露,大腿很粗的年轻女子,她穿着迷你裙、三角背心，披着黑色带花边的棉布小披肩。她跌跌撞撞地跟在棺材后面，半歇斯底里地痛哭流涕，两边各有一个人搀扶着她。一边是一个看起来很害怕的年轻男士，他长着铅笔般粗的小胡子，穿着双色皮鞋；另一边则是一个个子矮小、态度冷淡、疲惫而又顽强的老太太，约莫有七十岁了，全套都是看上去很脏的黑衣。

我看到我的向导在人群的另一端，连忙向他那边走去。我的向导是一位年轻的子爵，是第一公爵的儿子，我在这里逗留的时候和他建立了一种类似友谊的关系。不过要到他身边去很困难，因为每个人都在跟着缓缓移动的抬棺材队伍慢慢移动，走向国王的豪华轿车和在宫殿大门口静静等待着的四轮大马车。当我终于来到向导身边时，我问道："那是谁？那些人又是谁？"

"是希西，"他几乎是哀号着说出这个名字，大众的悲哀似乎也感染了他，"希西昨天晚上死了！"然后他似乎是想起了作为向导以及翻译的职责，也开始尝试着恢复自己那种贵族的风度，他抬起头来看着我，用力眨掉了眼中的泪水，说："那些人是我们的平民。"

"那么，希西是……？"

"她是，她曾经是，他们的女儿。最好的女儿。"不管他如何努力，泪水还是涌上他的眼睛，"她是一个那么可爱的女孩。总是帮她妈妈的忙。那么甜的微笑。没有人像她一样，没有人。她是独一无二的。哦，她是那样充满了爱。我们可怜的希西啊！"他再也无法忍耐了，索性大声哭了出来。

与此同时，国王和他的儿子还有兄弟在离我们相当近的地方通过。我看到两个男孩都在流泪，即使是国王那张从来不动感情的脸在超人的意志力控制之下，也没能阻止感情的流露。他的兄弟智力有点障碍，看起来十分茫然，紧紧挽着国王的手臂，在他旁边机械地行走着。

人群跟着抬棺材的人缓缓行进。人们互相推挤，争抢着去摸棺材上蒙着的白丝绸下面的流苏。"希西！希西！"人们呼喊着。"哦，妈妈，我们也爱她！"他们呼喊着。"爸爸，爸爸，没有她我们该怎么办？她去和天使在一起了，"人们呼喊着，"别哭了，妈妈，我们爱你！我们会一直爱你！哦，希西！我们可爱的孩子！"

棺材在众人的阻挡下，还是慢慢地来到了马车和车子旁边。当人们将灵柩送入白色灵车的后车厢时，每个人的喉咙里都不由自主地发出了一种颤抖的、非人的呻吟声。贵妇和贵族们尖声哀号，甚至有人昏晕在地。穿迷你裙的女孩好像发了羊角风，倒在地上口吐白沫，不过她很快就恢复过来了。那些肥胖苍白男人们中的一个将她推进了一辆豪华轿车里。

车子的引擎低吼起来，车夫们的白色骏马也开始向前行进，整个送葬的队伍也出发了，仍然是步行的速度。人群仍然如潮涌般跟随着灵车。

我回到了宾馆。后来我得知，几乎所有莱格纳城的居民都跟着送葬队伍走了六英里，直到墓地。在埋葬的过程中一直都站在那里观看，表达着他们的悲痛。直到晚上很晚的时候，人们才四散回到宫殿和贵族住宅中,每个人都很疲倦,足部酸痛并且面带泪痕。

在接下来的几天中,我与年轻的子爵交谈,他这时才刚从悲痛中恢复过来,向我解释了我看到的现象。我之前就知道,赫姆格根王国的每个人都有王族的血统,都与王国的国王(或其他王国的国王)有直接的血缘关系。但我不知道的是,有一个家庭没有王族的血统。他们是平民。他们家族的名字是盖特。

盖特这个姓,还有盖特夫人的娘家姓塔格,都是《血缘之书》中完全没有提到的。姓盖特或塔格的人从未与皇室的人或贵族通婚过。没有一个类似于年轻英俊的王子引诱了制靴匠的漂亮女儿之类的家族传说。没有任何的家族传说,也没有任何的家族历史。盖特家的人不知道他们是从哪来的,也不知道他们在这个王国居住了多长时间。他们是世代相传的制靴匠。然而在阳光明媚的海根,很少有人穿靴子。盖特先生做的是他父亲做过,而他的儿子也会学着做的事情:为守卫城墙的王子们制作考究的皮靴;为皇太后制作难看的毡靴,因为太后喜欢在冬日里跟她的乔基一起在牧场上散步。阿格比叔叔知道如何鞣制皮革。依尔斯阿姨知道如何将羊毛制成毡。婶祖母约莉放牧绵羊。表兄法维格总是吃太多葡萄,整天醉醺醺的。大一点的女儿切基心是善良的,可惜有点儿疯。还有希西,可爱的希西是他的小女儿,也是整个王国的宠儿,"赫姆格根的野花","平民小女孩"。

她一直都是体弱多病的。传说她曾与年轻的王子弗洛迪格一起陷入了爱河,然而很明显,他们是不可以结婚的。据说有人曾看到他们不止一次地,在昏暗中的布里奇宫附近幽会。我的子爵显然想要相信这传言,但这很难,因为他知道弗洛迪格王子已有三年都不在国内,他去哈福维格的学校学习了。无论如何,希西的心肺功能很差。"平民经常会这样,"子爵说,"这是遗传的。流行在女性中的一种遗传病。"她的健康状况日渐恶化,身体瘦弱,面无血色,但却从不抱怨,脸上一直带着微笑。她就这样离去了,躺在冰冷的泥土中,可爱的希西,赫姆格根的野花。

整个王国都为她哀悼。他们为她疯狂地哀悼,无度地哀悼,无可安慰地哀悼,像贵族般地哀悼。当她被放入墓穴的时候,就连国王也流下了眼泪。在人们开始为墓穴填土之前,王后将一枚钻石胸针放在了希西的灵柩之上,这胸针是从北地的厄宾女王以来代代相传、传女不传子的家族证物,传到王后手里已是第十七代。除了拥有厄宾血统的人之外,没有人碰过它。而现在,它静静地躺在了平民小女孩的坟墓里。"就算是这胸针,也比不上她的眼睛明亮。"王后说。

在葬礼举行后的不久,我不得不离开了海根。在其他位面的旅程中耽搁了三四年之后,我再度回到了赫姆格根,此时那无节制的悲痛已经停息很久了。我设法找到了之前作为我向导的那位子爵。他已经不再做向导了,而是继承了第一公爵的地位,拥有王宫中一个新建的侧翼,并享有皇室葡萄园的使用权。他是一个很好的年轻人,由于在他心里还有那么一丝好奇心，所以他更年轻一点的时候，业余爱好是做向导。实际上他对外人还是有一些好感的。他有礼到了一种无可救药的地步，而我就利用了这一点。他几乎无法拒绝别人直接提出的要求。因此当我提出请求要参加晚会时，他就会邀请我。在我逗留于赫姆格根的一个月中，我参加了数次晚会。

这个时候，我发现了海根人交流中的另一个话题——相形之下，运动、乔基、天气甚至血缘的话题都会黯然失色。

姓塔格和盖特的人，那时候大概只有十九个或者二十个这么多，不过发生在他们身上的每一件小事都会引起赫姆格根贵族的莫大兴趣。孩子们制作关于他们的贴图簿。子爵的母亲珍藏的一副杯盘，上面是在盖特夫妇结婚当日的画像，四周环绕镀金的涡卷形装饰。赫姆格根贵族自发制作的、有关于平民家庭最近的行动和照片的报纸虽然简陋，但却不仅在本国极为流行，甚至在相邻的多洛赫王国和维格玛茨王国也能见到，这两个王国都没有一个平民。南边一个大点的王国叫奥德博伊，那里有三个平民家庭，还有一个真正的流浪汉，叫作奥德博伊的老流浪汉。而即使是在那里，关于盖特家的传言也流行甚广，比如切基的迷你裙有多短，塔格妈妈多长时间洗一次内衣，阿格比叔叔长的到底是个瘤还是个疖子，博德叔叔和婶婶这个夏天会不会去海边放松一个星期，或者这个秋天会不会到维格玛茨山旅游之类的流言都被热火朝天地传播着，在奥德博伊引起讨论的热度一点也不比其他平民很少的国度（包括赫姆格根本身）更低。希西戴着野花编成的王冠的全身像——据说是根据弗洛维格王子所拍摄的一张照片画出来的，然而切基坚持说那照片是她拍的——成了许多宫殿中数千房间里的装饰品。

我也遇到了一些不愿对平民表示倾慕的贵族。考虑到我是个外人，福尔福德老王子对我的好感可说是非常罕有的了。他是国王的大表哥，我那位公爵朋友的伯父，然而他对于自己不寻常的叛逆思想倒是十分自傲的。"他们叫我家族的反叛者。"低沉如咆哮的声音诉说着，皱纹中的一双眼睛闪烁着精光。他驯养弗伦尼，而不像一般贵族那样驯养乔基，并且他对所有的平民都不能容忍，甚至包括希西，"弱小，"他咆哮道，"没有毅力。没有教养。整天在那墙下四处花枝招展，盘算怎么让王子看上她。结果受了风寒，于是死了。真是群令人作呕的家伙。恶心、无知的乞丐。污秽的房屋。装模作样，他们就只会做这个。骚乱，尖叫，投掷锅子，眼眶瘀青，脏话——都是装出来的。都是骗人的。他们上面一两代就至少有两个公爵。记住我的话，这些都是实话。"

确实，当我开始注意那些流言、报道、照片，并且走上莱格纳街头与那些平民接触时，他们的确像是在假扮低人一等，或者不如说就是在嚣张地做假。也许*专业*是我应该用的词。毫无疑问，切基并不是有意计划让自己的舅舅使自己受孕的，但当此事发生之后，她将这一事件最大程度地利用起来了。她会向任何一个拿着笔记本来找她的王子或是公主讲述她的悲惨故事：她是如何在塔格舅舅的诱导之下吃了一大串半腐烂的葡萄，直到她醉得呕吐起来，然后塔格舅舅又是如何扯光了她的衣服强奸了她。这个故事流传得越来越广，它也就变得越来越色情，越来越露骨。十三岁的王子霍都的笔记本中记载着切基生动逼真的语言，关于被塔格舅舅多毛的沉重身体压在下面的感受；以及她是如何地与他搏斗，然而她的身体却背叛了她的意志，乳头硬了起来，大腿分开，让他的——这里王子用××代替，弄进了她的××。切基对一个较年轻的女公爵坦白说自己尝试过打掉这个孩子，但泡热水澡根本没屁用，塔格外婆的草药像屎一样，而如果用缝衣针的话可能会害死自己。与此同时，塔格舅舅则四处吹牛说自己在家族被称作"操翻天"，直到有一天，他的妹夫，也就是号称的切基之父（有很多人怀疑切基的出身，他们认为塔格舅舅也许就是切基的亲生父亲）伏击了他，在他身后用一根铅管攻击他，把他打得失去意识。当人们发现塔格舅舅躺在自家厕所门口的一摊血液和尿液的混合物中时，整个王国都兴奋得发抖。

因为盖特和塔格家没有管道设施，没有自来水，也没有电，前任王后基于一时兴起的不合时宜的同情心，或是一种位高任重的使命感，派人在平民们那些老旧肮脏的房屋中的主屋通上电。但那里的环境实在太糟糕了，顽童们在报废的汽车中玩耍，长满疥癣的绵羊在阿格比叔叔制革厂的大桶间晃悠，系着短链条的大狗不断咆哮，试图攻击那些羊。电灯安好的第一天，就被顽童们用弹弓全部打坏了。盖特妈妈也从不愿意用电炉，还是喜欢用烧木头的火炉来烤面包果。老鼠啃掉了电线的绝缘皮，让电线短路。平民区通电工程最显著的成果就是经久不散的，老鼠被电死所散发出的臭味。

通常平民会像贵族一样，将游客视若无物，但有时，他们受强烈的爱国心驱使，会向游客投掷垃圾。这种事情发生之后，皇宫的发言人照例会发表一份简短的声明表示震惊，讶异海根人竟忘了王国好客的传统。但在贵族晚会上，人们常会满意地窃笑，低声说一些"给乞丐一点属于他们的东西"之类的话。因为说到底，虽然游客也都是平民，但并不是**我们的**平民。

我们的平民染上了一种外人的坏习惯。他们从六七岁开始就吸美国香烟，每个人的手指都被烟熏得发黄，每个人身上都有令人厌恶的烟味，每个人都有剧烈的咳痰症状。凯奇表兄（我在葬礼上见过的苍白肥胖男子之一）借由其子的关系，运作起了一笔利润可观的走私香烟生意，因为他状似侏儒的儿子斯坦皮是在位面旅行者宾馆扫厕所的。年轻的贵族们常会从凯奇那里买一些香烟，然后秘密地吸掉它们，以体验那种反胃、恶心的不适，以及作为真正的俗人、下等人的那种感觉。

我没有等到切基的孩子生下来就离开了。在那个时候，贵族们的注意力早已集中在即将到来的大事件上，因为切基不止一次在公众面前宣称她确信，即将降生的这个私生子会是一个流着口水的白痴，没有腿，没有胳膊，也没有那话儿，总之你就别指望它会有点什么。整整四个王国的贵族家庭也并没有指望更多。他们只是恐惧而又着迷地等待着看到一场基因灾难，一个极小但又极恐怖的平民婴儿，好让他们可以开心地讥笑、悲凉地叹息或是恐惧地发抖。我确信切基能完成她的使命，为他们带来这么一个婴儿。

玛西古的悲哀故事

玛西古是一个拥有一段血腥历史，现在却安静祥和的地方。当我停留在那儿时，我把大部分时间都花费在帝国图书馆里。许多人会认为，在另一个位面上这么干真是一件无趣已极的事，或者说无论在哪里这么干都是如此。但我和博尔赫斯的想法比较接近，在我心目中的天堂，和我们生活中常见的图书馆非常相似。

玛西古的大部分图书馆都在室外。文献、书籍、电子存储器以及为阅读器而准备的计算机都放在地下，在那里人们可以控制温度和湿度。但在这巨大的地下掩蔽所之上，通风的拱廊连接着许多的小广场和公共绿地，这就是图书馆的阅读园。有的地方是铺满鹅卵石的小院子，隐蔽并且秩序井然，像一个修道院；另一些地方则像是开放的公园，有小山也有谷地，有树林也有草坪，开满鲜花的灌木丛围着长满青草的林间空地。这些地方都非常安静。人们从不聚在一起。一个人可以和他的朋友交谈，或者一群人在一起讨论。常常会有诗人在某处大声朗诵着诗歌，但对于那些需要孤独的人来说，这已经够了。这些小院子中总会有一个喷泉，有的时候是一个安静地喷涌着泉水的池塘，有的时候是一系列的小池塘和瀑布，水从最高处的那个倾泻而下，直到最低处。在大一些的绿地中，会有一条有很多支流的小溪，小小的瀑布随处可见。你总是能听到潺潺的水声。每个人都会得到一个舒适而又不显眼的座位，一般是一只轻便的椅子。一部分座位并不是椅子，而只是一个框架，用帆布做成座位和靠背，这样你就可以坐在翠绿的草坪上读书，同时又可以让你的背部得到支撑。在拱廊下，以及绿树的荫凉中，处处都有椅子、桌子和躺椅。所有这些座位都有可以与你的阅读器相联系的接口。

玛西古的气候是令人愉快的。整个夏天和秋天，天气都炎热干燥。在春天持续不断的蒙蒙细雨中，图书馆的拱廊之间会拉起大幅的防雨布，这样你就可以仍然坐在室外，听着头上连绵不断，仿佛鼓声但却更柔和的雨声，当你从阅读中抬起头来望一眼，就会看到防雨布之外的树木和苍白天空。你也可以坐在一个安静的庭院边那石质的拱门之下，看着雨滴落入池塘，泛出朵朵涟漪。冬天常常有雾，但并不是那种寒冷的雾气，而是一股薄雾，阳光不仅能穿过这薄雾，还变成了更温暖可爱的蛋白石色。薄雾使得有坡度的草坪和高耸入云、颜色深沉的树木都柔和起来，形成了一种安静而神秘的舒适气氛。所以我在玛西古的时候总会来到这里，来问候一下那些耐心而渊博的图书馆管理员，然后就开始浏览藏书，直到我找到一本有趣的小说或者历史书。通常我对这里的历史书很感兴趣，因为玛西古的历史本身就已经胜过了很多其他地方的小说。那是一部令人忧伤而又充满暴力的历史，但在这个美好而仁慈的阅读园里，一切的真情流露都是既行得通而又明智的。以下是我在玛西古的图书馆里读到的一些故事，至于我究竟是在秋日柔和阳光下的小溪边，还是在炎热夏日中安静荫凉的天井里读到这些，都已经不重要了。

"无数者"达沃窦

达沃窦是玛西古第四代王朝的第五十位皇帝。在他登基之初，都城和其他大大小小的城市中都林立着他祖父安窦和他父亲窦沃德的雕像。达沃窦传下谕旨，命令工匠们将这些雕像全部重塑为他本人的形象，同时又命令新造了许多他自己的雕塑。数千工匠被召至广大无匹的采石场和工场中，没日没夜地雕刻着经过美化的达沃窦皇帝的雕像。由于旧雕像和新雕像的数目过多，以至于没有足够的底座和壁龛来放置它们，因此它们被安置在人行道上、街心、神庙、公共设施的台阶上，以及广场中央。皇帝不断命令雕刻家们创造新的雕像，采石场也在皇帝的命令之下不断生产大量的石料，很快地雕像的数量就多到无法单独安置的程度。一群群的达沃窦雕像一动不动地站在王国中每个大城小镇的街头巷尾，在这些雕像的注视之下，人们做着他们自己的事情。甚至每个小村庄都有十个或一打之多的达沃窦雕像，放置在主街和小巷之中，与家禽家畜为伍。

皇帝常在夜间穿上简便、深色的衣服从秘门走出皇宫。高级皇宫护卫远远地跟着他，在皇帝夜间穿行于都城（那个时候，都城的名字叫作达沃窦城）时提供保护。他们和其他皇宫里的办事官员无数次地目击到了皇帝的奇特行为。皇帝走过城中的街道与广场，在每一座——或每一群——他本人的雕像面前驻足。他轻蔑地嘲弄那些雕像，低声对它们说着侮辱的话，把它们称作懦夫、蠢蛋、老乌龟、阳痿患者，或者白痴。他从雕像旁边走开时会向它吐痰。如果广场上没有其他人出现，他会对着雕像撒尿，或者把尿撒在地上把土弄湿，再用手抓起肮脏的尿泥，将其涂抹在他本人雕像的脸上，或是赞美他光辉业绩的铭文上。

第二天，通常会有市民前来报告说皇帝的雕像受到了如此这般的侮辱，于是护卫们就会随意逮捕一个乡下人或外地人，如果一时找不到这样的人，他们就会将报案的市民抓起来，指控他亵渎圣物的行为，然后严加拷问，直到他被折磨而死或者低头认罪。如果他认罪了，皇帝将以神之审判官的身份出现，判处此人死刑，在下一个正义实现日处死。每隔四十天都会有一批人遭到刑罚。每当有人被处刑之时，皇帝、他的牧师以及朝廷官员都会前去观看。死刑犯们一个个地在绞刑架上断气，这个仪式往往会持续数小时之久。

达沃窦皇帝的统治持续了三十七年。他本人的结局是在皇宫的厕所里被他的侄孙丹达绞死了。

在此后爆发的内战中,大多数的达沃窦雕像都遭到了毁灭。只有一群雕像得以幸免,静静地站在一座小山城中接受着当地人的膜拜。它们的形象被当地人认为是受祝福的内界九向导,平安无事地度过了许多个世纪。由于人们不断地为雕像涂抹香油,雕像的颜面部分已经湮没而不可识别,但保留下来的铭文仍足以让第七王朝的一位学者识别出来:这就是"无数者"达沃窦最后的遗迹。

奥伯崔大清洗

奥伯崔现在是玛西古帝国的一个偏远西部省份。在特罗二世皇帝吞并雯国时,此前并入雯国的奥伯崔也成了帝国的一部分。

奥伯崔大清洗是在约五百年前发生的,当时的奥伯崔拥有一位民选的总统,此人竞选总统时的许诺是将亚斯塔萨人赶出奥伯崔。

在那个时候,奥伯崔的富饶平原已被两个民族占据了超过一千年之久:一个是从西北方来的索萨族,另一个是从西南方来的亚斯塔萨族。索萨人最初是以难民的身份出现的,他们被入侵者赶出了家园;与此同时,半游牧的亚斯塔萨人开始在奥伯崔的草原上定居。

这些移民取代了奥伯崔的土著特约布人，他们被迫转移到山里，成了贫穷的牧人。特约布人原始的生活方式和语言都没有改变，他们也没有投票的权利。

索萨族和亚斯塔萨族各自为奥伯崔平原带来了一种宗教。索萨人膜拜被称为亚弗的父神。亚弗教的宗教仪式非常正规，必须在神庙中举行，由牧师主持。亚斯塔萨人的宗教中没有明确的神，也没有职业性的神官或牧师，所谓的仪式只是入定、旋转舞、预言以及各种小的物神崇拜。

亚斯塔萨人最初来到奥伯崔时，是勇猛的武者，他们把特约布人赶到山里，又从索萨定居者那里夺来了最好的农田，但肥沃的土地还有很多，因而两族人通常井水不犯河水。在大小河流的岸边，人们建起新的城市，有的城市中居住的是索萨人，也有的是亚斯塔萨人。他们互相贸易，随着交易规模的增长，有的生意人就搬到对方城市中的少数民族聚居区生活。

就这样，时间推移了九百多年，在这段时间中整个地区一直没有中央政府。这里的政治结构是城邦及农田地区的聚合体，这些城邦在贸易中相互竞争，不断地因领地或信仰的问题互相争吵和战斗，但总体来说是保持着一种警惕而生机勃勃的和平。

亚斯特萨人对索萨人的一般看法是，他们迟钝、晦涩、虚伪而不知疲倦。索萨人对亚斯特萨人的一般看法是，他们敏捷、机灵、直率而不可预知。

索萨人从亚斯特萨人那里学到了他们那狂野、哀怨而又充满向往的音乐。亚斯特萨人从索萨人那里学到了沿地形耕作和轮作。但他们很少学习对方的语言,最多也只学一些足够进行交易和讨价还价的词汇、一些骂人话以及一些关于爱情的词句。

索萨人的儿子和亚斯塔萨人的女儿疯狂地陷入爱情,并一起私奔,让他们的母亲心碎;亚斯塔萨男孩和索萨女孩共同出逃,两家人的诅咒铺天盖地,让他们身后的街道变成一片黑暗。这些逃亡者跑到别的城市,在亚法斯塔萨人(信亚弗教的亚斯塔萨人)聚居区,或者在索萨斯塔/亚斯塔索萨区中生活。他们的孩子或是信仰亚弗,或是信物神崇拜。亚法斯塔萨人是两者都信,在不同的圣日参加不同的仪式。索萨斯塔人在亚弗的祭坛前伴着狂野而哀怨的音乐跳旋转舞,而亚斯塔索萨人则向小物神膜拜。

血统纯正,和他们的远祖同样坚信亚弗的索萨人,大多数住在农场上而非城市中,牧师指示他们说,他们的神希望他们多生儿子,所以他们都拥有很大的家庭。许多牧师有四个或五个妻子,二十个到三十个孩子。虔诚的索萨女人向亚弗祈祷,以得到第十二个或第十五个孩子。相对的,一位亚斯塔萨女子只有在入定中,得到了她自己身体的物神启示说此时适合怀孕,她才会打算生孩子;因此她的孩子通常只有两个到三个。因此索萨人的人口超过了亚斯塔萨人。

在约五百年前,奥伯崔这些无组织的城市、城镇和村社受到北方具侵略性的雯族人压迫,以及从东方玛西古帝国传来的叶达斯边启蒙运动影响,因此他们联合起来,最初形成一个城邦同盟，此后演变为民族国家。在那个时代新成立了很多国家。奥伯崔国是一个民主的国家，总统是由每一个成年人投票决定的，再由总统任命内阁。国会议员们按比例代表各个地区（乡下或都市）以及所有同宗教的人口（索萨人，亚斯塔萨人，亚法斯塔萨人，索萨斯塔人和亚斯塔索萨人）。

奥伯崔的第四任总统是一个名叫蒂乌德的索萨人，他在选举中是以相当高的票数当选的。

此人在竞选活动中直率坦言要消除奥伯崔社会中"不信神"和"外来"的因素，但仍有许多亚斯塔萨人投票给他。他们说，他们需要一个强有力的领导人。他们需要一个既能对抗雯族人，又能在城市中推行法律、维护秩序的人，因为城市现在饱受人口过剩和不受控制的重商主义的困扰。

在半年之内，国会和内阁的重要职位都换成了蒂乌德的心腹，他也加强了他本人对军队的控制力。他开始热心地履行他在竞选中的诺言。第一步是进行一次人口普查，要求所有的公民明确他们的宗教信仰（索萨，索萨斯塔，亚斯塔索萨或异教）以及他们的血统（索萨人或非索萨人）。

此后，蒂乌德开始调动驻守在杜巴巴（一个索萨人占人口绝大多数的城市）的公民护卫队，将他们派往亚苏。亚苏是一个索萨人、亚斯塔萨人、索萨斯塔人和亚斯塔索萨人混居并和睦相处已有数个世纪的重要河港。护卫队在那里强迫所有的亚斯塔萨人，或非索萨族的异教徒（这些人从那个时候起被称为不信神的人）离开他们的家。这些人由于惊慌，离家的时候甚至来不及带上任何个人物品。

这些不信神的人被一群群地送到西北边境。在那里他们被关在许多有围栏的营地中过了几周或者几个月，此后就被敞篷货车拉到雯国的边境线上。士兵们用枪指着他们，命令他们穿过边境线。他们只得顺从。但在另一边也有雯国的边境守备队。在这种事情第一次发生的时候，雯国士兵以为是奥伯崔人大举入侵，射杀了数百人，但此后他们发现这些所谓的侵略者大部分都是小孩、婴儿、老人或孕妇，没有一个人手里有武器，一个个畏缩着缓慢地前进，还有试图逃跑和哭喊着请求宽恕的。但即使是意识到了事实，仍有一些雯国士兵并没有停止射击，因为他们的原则是，奥伯崔人就是敌人。

蒂乌德总统继续着他的大计划，在每个城市抓捕所有不信神的人。大多数人都被送到偏远地区，关在被称为教育中心的围栏中，在那里接受亚弗崇拜的洗脑式教育。在这些"教育中心"，人们只能得到四处漏风的房屋和很少的食物。大多数人在一年内就死了。许多亚斯塔萨人在抓捕行动前听到了风声，就向雯国边境逃亡，冒着巨大的风险，期望能得到雯国人的怜悯。在蒂乌德总统第一次执政期间，他清洗了约五十万的亚斯塔萨人。

他凭借这份记录谋求连任。没有一个亚斯塔萨候选人敢于参选。蒂乌德以微弱的劣势败给了乡村虔信宗教的索萨人的新宠里乌苏克。里乌苏克的竞选口号是"神的奥伯崔"，他的主要目标是南部城镇中的索萨斯塔居民，因为他的支持者们认为，这些人在亚弗神坛前所跳的舞蹈是极其邪恶而渎神的。

然而，南部省份的士兵中也有一大部分是索萨斯塔人，在里乌苏克执政的第一年，他们发动了兵变，加入了丛林和城市中由亚斯塔萨人组织的各种起义军和游击队。动荡的局面和暴力很快蔓延，各种各样的小派别也如雨后春笋般涌现。里乌苏克总统在他位于湖边的避暑别墅中被绑架，一周以后他破烂不堪的尸体出现在一条大路旁。亚斯塔萨人的物神神像塞满了他的嘴巴、耳朵和鼻孔。

在继之而起的骚动和混乱中，一位亚斯塔索萨将军霍都斯自命为代理总统，接过了大部分军队的控制权并发起了"对不敬神的无神论异教徒的最终清洗"，这一次的目标被定为亚斯塔萨人、索萨斯塔人以及亚法斯塔萨人。他的士兵不分地点对每一个被疑为或被指认为是非索萨人的人开枪，不对尸体进行任何处理，任其腐烂。

西北省的亚法斯塔萨人在一个有力者莎玛托的领导下，也拿起了武器。莎玛托原是学校里的一个教师。她治下的游击队极度忠诚，占据了北部的四个城市和山区，对抗霍都斯的部队长达七年。最后莎玛托死于对亚斯塔索萨地区的一次突袭中。

霍都斯取得政权后的第一件事就是关闭了所有的大学。他任命亚弗的牧师为学校教师，但在此后的内战中，学校都被迫关闭，因为学校成了狙击手和炸弹的最佳目标。不再有安全的贸易路线，边境全部关闭，商业严重衰退，随之而来的是饥荒，然后是疾疫。索萨人和非索萨人继续互相厮杀。

雯族人在内战的第六年入侵了北部省，他们几乎没有遭遇到任何抵抗，因为所有强壮的男人和女人不是死了，就是在和他们的邻居搏斗。雯国军队横扫了奥伯崔全境，消灭了一些小的抵抗力量。于是整个地区被雯国吞并，这种状态持续了数个世纪。

雯族人对所有奥伯崔地区的宗教表示出极度的轻蔑，他们强迫公众改信他们的神：伟大的哺乳女神。于是索萨人、亚斯塔索萨人和索萨斯塔人学会了在巨大的乳房雕像前膜拜，而幸存的少数亚斯塔萨人和亚法斯塔萨人也学会了围绕小的乳头偶像跳旋转舞。

只有远在山中的特约布人保持了他们传统的生活方式，继续过着贫苦的放牧生活，因为他们没有值得为之战斗的宗教信仰。有一首出自一位无名诗人笔下的伟大神秘诗《升腾》，让奥伯崔省在好几个位面都很出名，其作者就是一位特约布人。

黑犬

叶耶大森林中的两个部落世代为敌。一个男孩，无论他是霍阿部落还是法利姆部落的，当他长大的时候，几乎都会急切地等待着去参加突袭，因为只有那样才能证明，他已经成长为一个成年人了。

大多数的突袭行动都会遇到对方部落同样前来突袭的远征

队，双方就在一些约定俗成的战场上展开激战，这些战场有的是山丘上的林间空地，有些是霍阿部落和法利姆部落居住的河谷。在猛烈的战斗之后双方各有六七人死伤，这时双方的突袭队长就会不约而同地宣布己方胜利。两个部落的勇士们于是抬着死者与伤者回家，在驻地跳起凯旋舞。牺牲的勇士们被安放在座位中观看舞蹈，此后才能下葬。

但有时，由于交流上的某些问题，一方的远征队在突袭途中并没有能遭遇到对方的远征队，这样他们就会来到对方的村庄，杀死男人，掠夺女人和孩子作为奴隶。这并不是一件能令人感到愉快的事情，经常造成村中女人、孩子和老人的死亡，同样也会损失掉很多的部落勇士。他们认为，如果被突袭者知道突袭者即将到来，那是会令人感到更加满足和荣耀的；所以战斗和杀戮应该在战场上适当地进行，避免失去控制。

霍阿和法利姆部落都不驯养家畜，只养一种小猎犬，用来让他们的茅屋和谷仓免遭鼠害。他们用的武器是青铜短剑和木制长枪，防具是皮盾。就像奥德修斯一样，他们用弓箭打猎或锻炼，但从不用弓箭战斗。他们在林间空地种植谷物和块根类蔬菜，每隔五到六年就将村子转移到其他的种植场。女人和女孩们的工作是种地、采集、准备食品、搬家以及其他各种工作，但他们不认为这些事情是工作，只是称为"女人做的事情"。女人们也捕鱼。男孩们做陷阱诱捕林鼠和兔子，男人们猎取丛林中的梅花鹿，老年男子则决定何时该播种，何时该迁移据点，以及何时该对敌人发起突袭。

因为有很多年轻人在突袭行动中被杀死,所以并没有很多老年人可以在这些事情上争论不休,而如果他们确实不能在种植和迁移的问题上达成一致,他们就会决定发起另一次突袭。

仿佛从时间的肇始以来事情就一直是这样,每年发动一到两次的突袭,而双方都会庆祝胜利。突袭的消息总会在事前恰当地泄露出去,远征队行进途中还会唱着嘹亮的战歌,这样战斗就会顺利地在战场上进行,村庄不会遭受到损害,村民们可以为他们战死的英雄哀悼,并且表达他们对可憎的霍阿人或者可憎的法利姆人永不停息的仇恨。双方都会对此感到满意,直到黑犬的出现。

法利姆部落得到消息说霍阿部落出动了一支大型的远征队。所有的法利姆勇士脱了个精光,抓起他们的剑、矛和盾,高声唱着战歌冲向鸟溪边的战场。他们在那里遇上了霍阿的人,同样是脱得精光,装备着矛、剑还有盾,高声唱着战歌。

但在霍阿部落的战士前面有一个奇怪的东西:一条大黑犬。它的背能到人的腰那么高,还长着一个巨大的头。它跳跃着前进,眼睛发着红光,长着长牙的嘴里喷出大量的泡沫,发出令人不快的低吠声。它向法利姆部落的队长扑过去,把他扑倒在地,正在他徒劳地试图用剑杀死这畜牲的时候,它撕裂了他的喉咙。

这一完全出乎意料、不符合传统的恐怖事件使得法利姆人个个不知所措,恐惧万分。他们不再唱战歌,也无法抵挡霍阿人的攻击。又有四个法利姆勇士被杀死了——其中一个是被黑犬杀掉的——法利姆人开始恐慌地四散逃跑，也没有收拾死者的尸体。这种事情以前从未发生过。法利姆的长者们不得不深入讨论此事，最后决定发动一次报复性的袭击。

通常突袭行动都是以胜利而告终，因而每次突袭之后，直到下一次战斗的几个月到一年时间里，整个部落的年轻男子都沉浸在高昂的士气当中，但这次就不同了。法利姆部落被打败了。勇士们不得不在夜间潜行回到战场，将死者的尸体抬回来；而且他们发现尸体已经被那只黑犬给毁坏了：有一个人的耳朵被咬掉，队长的左臂也被吃得干干净净，白森森、上面还留着牙印的骨头碎片散落得满地都是。

法利姆的勇士们急切地期望得到一场胜利。长者们日夜不息地唱了三天战歌。然后年轻男子们脱光衣服，拿起剑、矛、盾，阴沉着脸色，高唱着战歌，沿着丛林中的小路冲向霍阿村。

但在他们还未到达这条小路上的第一个战场之时，他们就看到那只可怕的黑犬正向他们跑来，后面跟着高唱战歌的霍阿勇士。

法利姆勇士们转过身四散逃跑，没有人敢于与对方战斗。

直到当天晚上很晚的时候，他们才一个一个地回到村中。女人们没有向他们致敬，只是安静地把食物摆了出来。孩子们也没有像往常那样围在他们身边，而是躲在了茅屋中。长者们也躲在茅屋里痛哭着。勇士们在他们每个人的垫子上躺了下来，无声地痛哭着。

女人们在星光下的烤架旁低声交谈。"我们都会成为奴隶，"她们说，"成为可憎的霍阿人的奴隶。我们的孩子也会成为奴隶。"

然而霍阿并没有发动突袭，第二天没有，第三天也没有。等待总是艰难的。长者与年轻人们互相交谈。他们得出结论，必须突袭霍阿，不管付出多少人的生命也要结果那条黑犬。

他们整夜唱着战歌。早上，所有法利姆的勇士脸色异常阴沉，也不再唱歌，走上了最近的一条前往霍阿驻地的路。他们没有跑步前进。他们的脚步虽缓慢，却很坚定。

他们一次又一次地向前张望，等待着黑犬，那红眼獠牙怪物的出现。在恐惧中，他们期待着它的出现。

而它的确出现了。但它并没有咆哮着向他们扑来。它从小径边的树丛里跳出来，安静地望着他们，那可怕的嘴角竟然露出了像是咧嘴笑的表情。然后它向着他们的前方跑去。

"它在逃跑！"亚胡叫道。

"它在指引我们。"突袭队队长余说。

"指引我们走向死亡。"年轻的基姆说。

"不！是走向胜利！"余喊道，他开始跑步前进，高举手中的矛。

他们到达霍阿村的时候，霍阿人才刚刚意识到这是一次突袭，霍阿勇士们没做任何准备就跑了出来，还穿着衣服，也没有拿任何武器。黑犬扑向最近的一个霍阿人，把他扑倒在地，撕咬着他的脸和喉咙。村中的孩子和女人们尖叫着，有些逃跑了，也有些抓起棍棒试图攻击敌人，现场一片混乱，但当黑犬丢下第一个遇难者向他们进攻时,所有人都开始四散逃开。法利姆勇士们跟着黑犬进入了村庄。他们很快杀死了几个男人,抓住了两个女人。然后余喊道:"胜利!"他的勇士们也都喊起来:"胜利!"随后就转身启程回法利姆村,抬着他们的俘虏,而不是死者,因为他们没有损失任何一个人。

队伍中的最后一位勇士回头看了一眼,黑犬还在小路上跟着他们,嘴里不停地流下口水。

他们在法利姆村召开了凯旋舞会,但这并不是一次能让人满意的凯旋舞会。因为没有那些被安置在座位中,冰冷的手握着沾满血迹的剑,默默地观赏舞蹈的死者。两个抓来的奴隶低着头,用手蒙住眼睛哭泣着。只有黑犬蹲坐在树下咧着嘴笑,看着他们跳舞。

村里的小猎犬都害怕地躲到茅屋里去了。

"我们很快还会再次突袭霍阿的!"年轻的基姆叫道,"我们会跟着神犬一起走向胜利!"

"你得要跟着我。"队长余说。

"而你得要听从我的意见。"最老的长者印法说。

照例,女人们给他们拿来装满蜜酒的大杯,好让他们能尽兴痛饮,但她们却不能去看凯旋舞。她们聚集在星光下的烤架旁小声交谈着。

男人们全都喝醉了,在地下横躺竖卧,两个被俘虏的霍阿女人打算趁机逃跑,但黑犬站在她们面前,露出獠牙,低沉地吼叫着,吓得她们又转头回到村中。

几个村中的女人从烘干架旁来到她俩身边,她们开始一起聊天。法利姆和霍阿的女人们讲的是同一种语言,而男人们则不然。

"这狗是从哪儿来的?"印法的妻子问道。

"我们不知道。"年长些的那个霍阿女人说,"我们的男人们出去突袭的时候,它就出现在他们面前,开始攻击你们的人。第二次又是如此。所以我们村的长者就用鹿肉、活兔子和小狗喂它,把它称作胜利之灵。今天它又反过来攻击我们,给你们带来了胜利。"

"我们也可以喂养那狗。"印法的妻子说。女人们讨论了一会儿。

余的姑母回到烘干架旁,取下一大块烟熏鹿肉。印法的妻子在肉上涂了些酱。然后余的姑母拿着肉走向黑犬。"给你,狗狗。"她说着,把肉扔在地上。黑犬咆哮着走过来,叼起肉块并开始撕扯它。

"好狗狗。"余的姑母说。

然后女人们就各自回了茅屋。余的姑母把两个俘虏带到自己的茅屋里,给她们睡垫和被单。

第二天早上,法利姆的勇士们带着宿醉的头痛和疲倦的身体醒来了。他们看见孩子们围成一圈,听见孩子们兴奋的叽叽喳喳声。他们在看什么?

是黑犬那僵直可怖的尸体,一百支以上的鱼叉穿过了它的身躯。

"是女人们干的。"勇士们说。

"用下了毒的肉和鱼叉。"余的姑母说。

"我们没有建议你们这么做。"长者们说。

"不过,我们已经做了。"印法的妻子说。

此后,每隔一年或几个月,法利姆人仍然会突袭霍阿,而霍阿人也依然会突袭法利姆,他们在约定俗成的战场上战斗,按惯例战死数人后宣布本方胜利,然后抬着自己部落的死者凯旋,死者照例要看凯旋舞,一切都回到了正路上,所有的人都很满足。

亚龙河战争

在玛西古那些逝去的岁月中,有两个城邦,梅云和扈伊,它俩在贸易、学术和艺术方面都是对手,并且不断地因为双方牧场的边界而产生摩擦。

关于梅云城建立的神话是这样的:一位女神塔芙在与一位名叫梅的年轻牧牛人共度良宵之后,将自己闪闪发光的蓝色斗篷送给了他。她告诉他,当他把这斗篷铺开时,斗篷覆盖的土地将成为一个伟大的城市,而他将会是这城市的主人。在梅看来,他的城市可能只有五英尺长、三英尺宽,但他还是找了他父亲牧场最好的一块地,准备把女神的斗篷铺在草地上。他展开斗篷,铺在地上的斗篷越来越大,而他手中的布料竟也越来越多。最后斗篷覆盖了两条河流（小的叫厄农河，大的叫亚龙河）中间所有的多丘陵土地。城市的边界得到确定之后，那闪闪发光的斗篷向天空飞升而去，回到了它主人的身边。梅是一个富有进取心的人，他使得整个城市开始运转，在他漫长的统治时期里城市飞快地发展，即使是在他死后，城市仍然散发着活力。

而扈伊的神话则是这样的：在一个温暖的夏夜，一位名叫扈的少女睡在她父亲的农场上。布尔神向下界看去，看到了她，并且，可以说是自然而然地，占有了她。扈十分愤怒。她不承认他的初夜权，并扬言她要把此事告诉他的妻子。布尔神为了安抚她，告诉她说她将为他生一百个儿子，这些孩子们将在她失去贞操的地方建立起一个伟大的城市。然而，当扈意识到自己要生这样多的孩子时，她更加愤怒了。于是她找到了布尔的妻子塔芙女神。塔芙不能取消掉布尔所做的事情，但可以稍微改变。不久之后，扈生下了一百个女儿。她们成了富有进取心的年轻女子，在她们外祖父的农场上建起了一座伟大的城市，在她们漫长的统治时期里城市飞快地发展，即使是在她们死后，城市仍然散发着活力。

不幸的是，在亚龙河的西岸，扈父亲农场的边界与塔芙的闪光斗篷所划出的界线是相交的。

梅和扈的第一代后裔不停地争论着，这块最宽处不过半英里的月牙形土地究竟该归谁所有。当他们意识到这样下去是不会有结果时，他们就开始向女神塔芙和她的丈夫布尔祈祷要求得到土地的所有权。然而这对夫妻神对此事无法达成一个和解，或者不如说他们对任何事情都无法达成和解。

布尔支持扈伊人。他告诉过扈，她的后裔将拥有这土地，统治城市，这件事已经定了，就算孩子都变成了女儿也一样。

塔芙倒是有些公平竞争的意识，不过她对于自己丈夫那数以百计的私生女的后裔确无任何好感，因此她说，她把斗篷借给梅的时间是在布尔占有扈之前，所以梅的权利是在扈之先，这件事已经定了。

布尔听取了他的一些孙女们的意见，这些女子指出，河西的那一小片土地至少在塔芙将斗篷借给梅的一个世纪之前，就是扈父亲家族的农场的一部分。她们说，无疑地，斗篷伸展到扈父亲的农场上，这仅仅是一个小疏忽，只要梅云城提供一些补偿，扈伊城完全可以谅解对方，条件是六十头小牛和十袋金子。其中一袋金子将被打成金叶子，覆盖在扈伊城布尔神庙的祭坛上，这样事情就可以告一段落了。

塔芙不打算听取任何人的意见。她说，在她当初说斗篷覆盖的地方都属于梅时，她没有犯任何错误。如果梅云人想要为他们城中的闪光塔芙祭坛铺上金叶子（他们已经这么做了），那很好，但不会对她的决定产生任何影响，因为她的决定是根据不可改变的事实做出的，而且作为神祇绝不能出尔反尔。

于是两个城市都拿起了武器；而从此时开始，布尔和塔芙就没再显示过神迹了，虽然人们依然信仰他们，但不论梅云和扈伊的人们如何祈祷和恳求，他们依旧没有现身。

此后的两代人仍然是争执不休,有时扈伊人会派出武装劫掠队,跨过河流来到他们宣称占有的西岸。河流本身也有长约一英里半的一段是处于争议中。在最浅的地方,亚龙河约有三十码宽,当它在五英尺高的河堤中间流动时就更窄一些。在争议河段的北端有一些非常好的捕鱼区。扈伊劫掠队常会遭到梅云人的激烈抵抗。扈伊人夺回亚龙河西的争议地区后,就会建起一道半圆形的墙然后踏上回程。而此时,梅云人将会聚集起来冲过那道墙,将扈伊人赶回亚龙河东岸,把墙推倒,沿着河东岸建起另一道墙。

但扈伊的牧人惯于在河的这一段饮牛。他们会立刻开始破坏梅云人建的墙。梅云弓箭手们向他们射击,有时会伤到人员或牛只。扈伊人怒火中烧,再度派出劫掠队重新占领亚龙河西岸。此后又出现了和事佬的角色。梅云之父议会召开秘密会议,而扈伊之母议会也召开秘密会议,他们命令战士们撤退,向亚龙河对岸派出使者和外交官试图达成一个协议,然而这一切都失败了。有时候他们也会达成一个协议,然而很快就会有牧人来到已划归对方的草场上放牧,或者是发生渔人互相争斗的事件。然后事情就又周而复始了。

在这些军事行动中被杀死的人并不多,但双方年轻男子的死亡率都在逐步提高。扈伊的议员女士们决定以一次不流血的行动来终止这一问题。就像平时一样,发明是发现之母。扈伊的铜矿开采者开发出了一种威力强大的炸药,议员女士们将此视为终止战争的手段。

她们下令调动起大量的劳动力,这些扈伊人在弓箭手和长枪兵的保护下热火朝天地进行挖掘,将爆炸物埋在地下,在二十六个小时之内,他们的爆炸物使得亚龙河改道,从他们宣称的边界,也即原河道的西边流过。无数次被梅云人推倒,而扈伊人又无数次重建的城墙废墟就在新河道的旁边。

然后他们将使者派到梅云,并以礼貌而慎重的口气宣布说,两个城市之间的和平可以正式开始了,因为扈伊已经决定接受梅云提出的边界条款——即亚龙河的东岸。而扈伊的牛只也可以在东岸的固定地点饮水。

梅云议会中的很多人都愿意接受这个方案。他们承认扈伊那些老谋深算的女人们骗走了他们的财产,但既然那片牧场只有不到两英里长,半英里宽,给了她们又能如何呢。另一方面,他们在亚龙河上的捕鱼权也可以得到确认了。他们敦促议会赶快承认新的边界。但比他们更顽固的人拒绝向欺骗行为妥协。莱克托将军发表了一次演讲,呼吁人们尊重每一寸土地,因为这些土地浸透着梅后裔的鲜血,也是塔芙的闪光斗篷曾覆盖过的圣地。这次演讲使得投票的结果发生了转变。

梅云当时并没有发明出非常有效的炸药,但让河流回到它原来的河床上比人工开凿河道要简单得多。仅在一夜之间,召集来的梅云劳动力在弓箭手和长枪兵保护下热情似火地挖掘着,又把亚龙河改回了原道。

他们没有遭到抵抗,也没有流血,因为爱好和平的扈伊议会禁止他们的部队攻击梅云人。莱克托将军站在亚龙河东岸,没有遇到任何的对手，嗅着空气中胜利的气息，他叫道："冲啊！消灭那些诡计多端的婊子们！"据史家所言，听到这一声喊，梅云的弓箭手和枪兵跑步通过半英里宽的牧场，冲向扈伊的城墙，后面还跟着刚刚把河流恢复到故道上的市民们。

他们杀入城中，但城市守卫早已做好了准备，而为了保卫自己的家园，扈伊市民们也像猛虎一般地战斗。在持续一小时的血腥战斗结束后，莱克托将军被杀——一位愤怒的妇女从窗子里扔下一个沉重的黄油搅拌器，把将军砸死了。梅云的军队杂乱无章地退回亚龙河。他们重新组织起防守，英勇地守卫着河岸，但当夜幕降临时，他们还是被赶到了河的另一边，残兵败将逃回本城中寻求庇护。扈伊的部队和市民没有试图攻进梅云，他们又开始挖掘河床，准备爆炸物，将亚龙河再次改道。

众所周知，技术，尤其是破坏性的技术，具有易于传播的天性。无可避免地，梅云很快得知了如何制造出和他们的对头一样的爆炸物。可能有点不寻常的是，两个城市都没有试图将这个技术应用到武器制造中。梅云也拥有爆炸物之后，他们新任命了一位工兵部队长官，带领着军队炸掉了亚龙河故道上的大坝。河水涌向故道，军队也便班师而归。

在大约一百年之后，整个地区的地形发生了巨大而无可挽回的改变。曾经绿草茵茵的牧场不见了，亚龙河不再有适合捕鱼的地方，怪石嶙峋的狭窄处、泥泞的饮水处和牛儿们可以在其中避暑的浅滩都没有了。取而代之的是一条大峡谷、一个大裂口，约有一英里宽、两千英尺深。两边的峭壁是干燥的泥土和摇摇欲坠的石块。没有任何植物能在那上面生长。就算没有一再发生的爆炸影响，在冬天的雨中，会有很多石头被冲刷下来形成岩崩、泥石流，将峡谷下面混浊的激流给堵住，而这样一来水流就会冲刷另一边的岩壁，造成更严重的岩崩。如此日复一日，峡谷变得更宽也更长了。

此时的梅云城和扈伊城离悬崖只有数百码远。他们隔着深渊相互咒骂对方，说对方让自己丢掉了牧场、田地、牲畜和金钱。

事实上所有的争议地区都已经被埋没在泥石流之下了，再进行爆炸活动已经毫无意义；然而习惯的力量是巨大的。

战争一直没有停息，直到某一个可怖的夜晚，半个梅云城在一场剧烈的震动中崩塌，慢慢地滑进了亚龙大峡谷里。

引发这场灾难的爆炸物并不是扈伊超级工程师所安置的，而恰恰是梅云的工兵长官安置的。当然，对于遭到创伤的梅云人来说，这一切都是扈伊的错：如果没有扈伊，他们怎么可能会把炸药放错地方呢。但扈伊的许多居民绕道穿过亚龙峡谷，帮助那些在泥石流中可能存在的幸存者。

诚实而慷慨的行动不会没有回报的。双方签订了休战协议，而后，转变为了真正的和平。

从那以后，梅云与扈伊之间的关系虽然仍很紧张，但再也没有谁采用爆炸的手段了。这时候的他们没有牲畜也没有牧场，只得靠旅游者生存。梅云的优势是，它就坐落在大峡谷的西缘，拥有独特的风景，因此每年都能招徕数千的游客。但更多的游客选择待在扈伊，因为那里的食品要好些，而到大峡谷东缘也不远，在东缘更能看到西缘看不到的、古老梅云城的半边废墟。

峡谷的两边各有一条专属的盘山小路，以便让游客们骑着驴下到峡谷最深处，去看那再度变得清澈的亚龙河。然而河中不再有饮水的牛，也不再有鱼了。游客们在绿草如茵的河岸边开始野餐。这时，作为娱乐活动的一部分，扈伊向导会讲起布尔神的一百个女儿的传说，而梅云向导会讲起塔芙女神闪光斗篷的神话。然后他们便骑着驴，缓缓地爬上山坡，回到光明之中。

大快乐

我最近才知道原来还有一个限制进入的位面。这让我大受震惊。我一直以为只要你掌握了席达·杜利普位面转换法，你就可以从任意一个机场前往任意一个位面，你的选择是无限的。《位面百科全书》那频繁的更新，证明已知位面的数目每分每秒都在增加。而且我一直认为，如果你想要访问的位面没有什么特殊情况的话，你就可以从任意一个位面前往那里，但最近，我的表姐苏莉将关于"假日位面"的事情告诉我的时候，我才知道事实并非如此。

这个位面只能从为数不多的几个机场出发才能到达，所有这些机场都在美国，大多数位于得克萨斯州。在达拉斯和休斯敦还有专为前往这个位面的旅客准备的"假日位面俱乐部休息室"。在这些休息室中他们将会诱使旅客产生压力和消化不良的症状，因为如果旅客没有这种症状，也就没法前往假日位面。至于他们的具体手段，我实在不太想知道。

我也并不打算前往这个位面，但苏莉表姐从几年前开始就经常去那里。她告诉我关于那里的事情时就正在前往那里的路上，在我的请求之下，她慷慨地为我带回了整整一个手提包的传单、海报以及促销资料，我也正是借助这些资料汇整出这个记录。甚至还有一个关于此位面的网站，不过它的地址似乎已经改变，而且并没有做出任何的说明。

关于此位面的来历，至今都只有一些猜测而已。根据海报上的日期推算，它从被发现至今顶多不超过十年。我猜测它起源的场景应该是这样的：一群商务人士在得克萨斯的某个机场遭遇了班机延误事件，于是这些人进入了一个只有头等舱和商务舱乘客才能进入的酒吧并且聊了起来。其中一个生意人提议尝试一下席达·杜利普位面转换法。所有这些人或是毫无经验，或是虚张声势，结果他们发现他们到达的并不是任何一个受人青睐的旅行位面，而是连罗南的《速查手册》当中都没有资料的位面。在他们看来，这个位面简直就是一块处女地：它未经勘探，未经发展，它是一个第三世界的位面，正等待着企业家施展他们榨取利益的神奇魔力。

我想，这个位面的土著是分散于许多小岛上面的，他们非常贫穷，或者不幸地非常好客，或者两者皆是。他们怀抱着获得收入的天真希望，或者他们很喜欢变革，总之他们非常愿意接受一种新的生活方式。不管他们是否是真的愿意，至少他们开始依照命令和教导行事，而这些命令和教导全部都来自大快乐公司。

大快乐这个名字听起来有点中国的感觉，不过苏莉表姐带来的所有促销材料都是在美国印刷的。大快乐公司拥有这个位面的注册商标，这些印刷品也是由该公司制作。除此之外，我对大快乐一无所知。我未曾试图调查它，调查是没有用的。根本就没有关于公司的情报，只有假情报。就算公司崩溃了，被炸成弹坑状的废墟，投资人们烧焦的尸体在里面散发着臭味，仍然会有无法穿越的障碍包围着它；这些障碍是由议员们以及其他的政府官员所构成，他们对其他人做出阻止的手势，带着黄色带子，带子写着"私有财产""不得穿越""请勿入内""不得打猎""不得钓鱼""不得审计"等字样——就算到了那个时候，仍然不会有关于公司的真实情报。

虽然对于促销材料不可尽信，不过根据上面的说法，大快乐公司的世界是一片温暖、浅水的大洋，其上的小岛星罗棋布。比起太平洋上的火山岛，这些岛屿地势更为平坦，更像是大型的沙洲。据说那里的气候温暖宜人。那里肯定有，或说肯定曾经有原生的动植物，但在宣传材料中对它们只字未提。照片中仅有的树木是种在大型花盆中的枞树和椰子树。材料中也没有介绍当地居民，除非你可以接受类似"友好的、多彩的土著"这种描述。

这其中最大的一个岛屿，或者不管怎么说，广告中吹捧得最厉害的那个岛屿，叫作圣诞节岛。

苏莉表姐一有机会就会前往这个圣诞节岛。她本人生活在富于田园风光的南卡罗来纳州，而她的女儿住在圣迭戈，儿子住在明尼阿波利斯，所以这种机会挺多的，只要她在合适的机场——得克萨斯州的三个主要机场，还有丹佛和盐湖城——换机就可以了。她一般会在八月访问她的儿女,因为这个时候她通常会去购物为圣诞节做准备;十二月的时候她可能还会再去一次,因为这个时候她会为在八月没买齐全的东西而感到慌张。

"只要**想想**圣诞节岛都能让我的心情好起来!"她说,"哦,那是一个多么**快乐**的地方啊!那儿的东西跟沃尔玛一样便宜,选择又多得多。"

尽管那儿的天气晴朗温暖,但在圣节城、耶诞村和美丽小镇中,每一座房屋的门窗上都有厚厚的霜冻,屋顶上都有永远不化的皑皑白雪,柜台上都有用作装饰的杉树枝和冬青。十几座尖塔上传来叮叮当当的铃声。苏莉表姐说,这些尖塔下面并不是教堂,只是一些卖小商品的店,但是尖塔本身的风格非常独特。不管是在小商品店里,还是在人潮汹涌的街道上,到处都充满着美妙的颂歌声,在每个圣诞商店的售货员和当地土著的头上飘荡。说到土著,照片上的土著穿的都是类似维多利亚时期的服饰,男人身穿燕尾服和高顶帽,女人则穿着圈环裙。男孩们玩着滚铁环的游戏,女孩们个个都抱着洋娃娃。这些土著满脸喜庆地在街上转悠,看哪里的人流少了点,就一拥而上,营造热闹的气氛,确保没有哪条街是空荡荡的,也没有哪个广场不是摩肩接踵的。土著们驾驶四轮马车和大游览车载着游客们四处观光,贩卖一捆捆的槲寄生,清扫十字路口的垃圾。苏莉表姐说他们总是非常有礼貌地跟你说话。我问他们都说些什么。他们说,"圣诞快乐!"或者"祝你晚上愉快!"或者"**上滴保忧搭佳**!"她不太确定最后那一句究竟是什么意思,不过在听她转述过之后，我猜我明白那是什么意思了。

在圣诞节岛上，每一天都是圣诞夜，圣节城和耶诞村的所有商店——根据传单说明，总共有二百二十家——都是每年开放三百六十五天，每周开放七天，每天开放二十四小时。

"我们这边的那种又小又俗气，整年都卖圣诞节商品的商店，那里完全没有。"苏莉说，"他们卖的东西你在别处绝对找不到。我正想告诉你呢。你猜怎么着，圣节城里有一家店是**专门卖袋子的**。知道吗，有漂亮的纸袋也有铝箔袋、玻璃纸袋，可以将你没时间仔细包好、或是表面粗糙不好包的礼物装起来。所以呢，你只要把它们全部塞进袋子里，加上一些像是泡沫的波浪状碎纸丝，就足够漂亮了。而且如果你把它们折好叠起来，第二年也一样能用。"

买完东西之后，她会在"天使隐蔽处"小憩一会儿，那地方算是个某种形式的礼拜堂。她所下榻的"小鼓手旅馆"的服务员会为她送来茶点——她说阿德斯特·菲德勒斯旅馆更漂亮，但是价钱太昂贵了。在此之后，她会去一次美丽小镇，当作对自己的奖励。她说美丽小镇是"全世界她最喜欢的地方"。

如果时间不紧张的话，她会选择坐雪橇前往美丽小镇。通往美丽小镇的路名叫"圣诞树之路"，这条路的两旁都摆放着种有装饰型枞树的大花盆，树上永远都覆盖着人造的白雪，因为天然的雪是不可能在这里出现的。苏莉表姐不太清楚那些枞树后面的风景。"哦，好像都是沙子，我想可能就像种松树的荒地，"她说，"只不过没有松树罢了。不过，你真应该去听听那些叮叮当当的铃声！而且，你知道吗，那些马都是剪短了尾巴的！跟歌儿里唱的一模一样！"

如果她的时间不那么充裕，她就会选择从圣节城搭乘名为"圣诞节快速"的电车前往美丽小镇。在美丽小镇中，通常要求人们必须步行，但如果有人确实不能步行的话，也可以选择乘坐敞篷的"圣诞老人车"，这种车是由小精灵所操纵，不停地环绕美丽小镇，访问所有的景点。

"你不可能迷路，"苏莉表姐说，"你知道，那儿太**安全**了。比起咱们这儿的圣地，那里可真是有很大的不同。但实际上真正的不同只是一种安全感而已！"

在美丽小镇的尖塔下面可不再是那些小商品店了，而是真的有教堂。它们是世界上所有著名教堂的复制品，包括位于耶路撒冷、罗马、瓜德罗普、亚特兰大和盐湖城的教堂。当地村民的穿着被我表姐称作"某种圣经上的衣服"，他们四处贩卖薄荷糖、包装好的糖果、玩具、手工艺品和纪念品，把整个小镇搞得像个生机勃勃的市场。许多小孩争先恐后地涌入狭小的村舍；不时会有一位牧羊人赶着一小群绵羊来到街道上。在小镇外面，就是传单上以生动、虔敬的语言描述，整个旅行的高潮所在：马槽。

苏莉表姐谈到这里的时候，双目含泪。"那就像是在室外，因为你走进了一个大帐篷里面。就像马戏团那种大帐篷，你知道吗？但是更像一个——一个什么来着？一个天文馆？对，一个天文馆。你看到漆黑的夜空，还有在你头上闪烁的星星。尽管外面还是晴朗的白天。但那里却是夜晚,还有星星。还有那颗星,圣诞之星。就在那个破旧的马槽上面闪着光。哦,跟这个比起来,咱们的'第一位施洗礼者'的场景简直就是笑话。我真想告诉你。那太美了。还有那些动物。不是只有一两只绵羊,而是有**大群**的绵羊、奶牛、驴、骆驼,而且它们都是**真的**。人也都是真的!活的。还有那个可爱的婴儿!哦,我知道他们都只是演员,靠演这出戏谋生,但我真的觉得他们是受到了祝福,尽管他们自己可能并不知道。我曾经跟一个扮演圣约瑟的演员说过话。我认出他的时候,他就待在那种可爱村舍的院子里。我曾不止一次看到他扮演圣约瑟,他是个很好看的男人,大约五十岁,而且,你知道吗?圣约瑟不像其他人那么难以接近。比如说,扮演国王的演员,我根本就不敢和他们打招呼。至于玛丽亚,她简直太纯洁了,完全就不像活在这个世界上的人。但圣约瑟就亲切多了。所以我跟他打了个招呼,他就微笑起来,用他们的方式向我挥着手,还对我说'**声担乖惹!**'你知道,他们都是那么说的。他们真是太可爱了。他们真的展现了圣诞节的精神。"

苏莉告诉我,她最遗憾的就是,生病的孩子们不能去圣诞节岛。"可怜的孩子们,他们等不到圣诞老人来的那天了——要是他们能看到耶诞村里的圣诞老人雪橇该多好啊!每天晚上九点到十一点都有这个节目。你可以在中央广场观赏,也可以通过闭路电视来观看。那些挂着铃铛的驯鹿停在'温暖小屋'的屋檐上,圣诞老人从雪橇上走下来,跳进烟囱里钻出来,像是倒着的惊奇玩具盒[1]——他们看到这个该有多开心啊!而且鲁道夫[2]的鼻子红通通、亮闪闪的,就像红色的信号灯!但是目前似乎找不到不会让病童不舒服的方法带他们去那里。尽管这个旅行已经科学上确保了面向大人的精准位面转换。你知道,我从来都不去什么其他位面。只有老天才知道你会来到什么样的地方!圣诞节岛是保证一定能抵达的目的地。但真的很遗憾。你不能让一个可怜的生病小孩在繁忙的机场里担惊受怕,即使这样做是为了帮助他恢复健康。"心地善良的苏莉叹了口气,"我并不真的想去那里,"她说,"你知道吗,有些时候我真的想再也不要去那里了。我不应该去。那太贪心了。我应该在这里等待圣诞节的到来。但现在离十二月还有那么久……"

在大快乐公司的位面上还有其他的假日岛。这其中苏莉表姐只去过复活节岛。她不太喜欢那里,可能是因为她有点小小感冒,并且非常担心她那从丹佛飞向西雅图的航班。在此之前,她非常冒险地在飞机上变换了位面,那飞机正停在地面上,因为突如其来的暴风雪而没法起飞。"那真的不是适合旅行的时机。"她说。

---

[1] 一种玩具,当打开盒子顶部时,会有玩偶跳出来给人惊喜。
[2] 红鼻子驯鹿鲁道夫(Rudolph the Red-Nosed Reindeer)是一只虚构的驯鹿。它有一个发光的红鼻子,常被称为"圣诞老人的第九只驯鹿",是在平安夜为圣诞老人拉雪橇的带头驯鹿。

在介绍复活节岛的宣传小册子封面上，是一张照片，照片中的沙丘上有很多看起来很熟悉的、眉头紧皱的石雕像。我的表姐似乎没看到这些，或者是看到了也没在意。"我想我可能是希望那里有更多关于宗教的内容吧？"她说，"我看到'俄国沙皇彩蛋'的时候确实也挺开心。什么红宝石啦，金币啦，什么的。它们都很漂亮。但我真不知道沙皇要这么多彩蛋干吗。我好像在哪本书上看到过，说他们把彩蛋放在脚面上。这似乎很奇怪。我还以为他们是共产主义者呢。但那些兔子是怎么回事儿？上帝啊！到处都是兔子。连脚底下都有。我一直都不喜欢兔子，那还是我们住在奥古斯塔的时候，詹姆斯打算饲养兔子卖兔子肉，是弗雷德·英格利给他出的主意，但事实上兔子肉根本就没什么市场，后来詹姆斯长了瘤，而那些兔子不知道得了什么传染病，一周之内就死得一只也不剩，我什么也不能做，只能把这些可怜的小东西全部捡回来，点起一堆火把它们都给烧了。哦，上帝啊。我一点也不想回忆起这件事……呃，先不说这个。有很多小鸡叽叽喳喳地叫，它们很可爱。跳蚤市场里的手工编制篮子也很漂亮。但我买不起太多东西了。而且天气热死了！我一直在想着丹佛那场暴雪。我想那时候我恐怕是情绪不对头。**太多彩蛋和兔子了。**"

根据促销材料上的资料，圣诞节岛、复活节岛以及美国独立日岛是面积最大、设施最完善、游客最多的假日岛。相比之下，"万圣节岛！"的宣传材料就简单得多了，看得出这个地方是专为那些全家都被困在机场的家庭所设计的,突出的是全家一起享受快乐的主题。

材料上的照片显示,"万圣节岛!"上到处都是南瓜,不过说不清是真的南瓜还是塑料南瓜。还有一个大型的游乐场,内有过山车、鬼屋、恐怖隧道等。当地的土著有的清扫场地,有的在餐厅里做侍者,有的清扫旅馆房间,等等。还有另一部分人扮作女巫、鬼魂、外太空异形以及罗纳德·里根。广告的标语是:"每天晚上都有不给糖就捣蛋的活动!安全!有监督!(所有糖果都保证安全且健康)"晚上,孩子们会在相关工作人员的带领下挨家挨户访问鬼怪村的所有房子,这个时候,他们的父母就可以在"亚当斯[1]旅馆"或"弗兰肯斯坦[2]城堡"的套房中,观赏大屏幕电视上放映的"精选恐怖电影一百部"。

苏莉表姐把宣传小册子给我的时候,我注意到她的声音中有一种浅浅的乏味感。小册子里有很多来自各个教派的新教修士的背书,这些背书枯燥乏味,但却有不容置疑的坚持,并且这样的内容显然是多得超过了适当的程度。这些人都将"万圣节岛!"描述成干净、安全,可以享受家庭快乐的好地方。绝对没有"有害"或"扰人"的东西。但我确定,真正

---

1 Charles Samuel Addams(1912—1988)美国漫画家,以其卡通作品之恐怖的幽默以及哥特式背景著名。
2 英国女作家玛丽·W·雪莱所著小说中主人公,生理学家,手创一怪物,结果自己被怪物所毁。

信徒的灵敏嗅觉一定会嗅出这传单中的火药味，而他们敏锐的眼睛也一定会注意到在那异地沙滩上出现的、撒旦留下的蹄印。

美国独立日岛的宣传材料就奢华得多了，它没有，也不需要为自己辩护。从永远都在现场直播的"硫磺岛上空飘扬的星条旗"重现场景，到每天晚上燃放连续四个小时"火箭闪着红光"[1]烟火；从两旁站满总统雕像的总统大道上的"团结，我们就会站起来"[2]牛排馆，到"这个上帝之下的国家不可分割"[3]礼拜堂；所有这些东西都大得异乎寻常，并且所有的东西上面都画着蓝底白五角星和红白条。大快乐公司显然是有大批爱国情绪高涨的游客来访。在假日位面的官方网站上，关于"我们的英雄纪念馆""枪支展览馆"以及"全美胜利花园（种有鼠尾草属、半边莲属和屈曲花属植物）"中的互动表演占据了大量的篇幅。在这些地方，游客还可以不断反复朗诵对美国的效忠誓词，有五千个模拟的学生声音会跟着他一起朗诵。

美国独立日岛上的住宿选择，范围从二星级的乔治·华盛顿乡村旅馆直到六星级的乔治·W·布什豪华套房酒店都有。（我还在想会不会有一个按钟点收费、环境令人生畏的汽车旅

1　And the rockets' red glare，美国国歌的一句歌词。
2　源自美国独立革命战争前的歌曲《自由之歌》的一句歌词：By uniting we stand。
3　one Nation under God, indivisible，美国效忠誓词中的一句话。

馆，叫作"无赖的最后避难所"什么的，事实证明我的想法很愚蠢。）

与美国独立日岛那金黄的海滩、碧蓝的大海、彤红的阳伞、壮丽的大道、高耸的楼房和大理石街景比起来，情人节岛看起来就相当亲切以及老派了。当然，整个岛被设计为心形，而岛上的真爱镇也同样是心形的。在"巧克力盒子宾馆"里面，充斥着许多的粉色和白色的物品、许多的蕾丝花边、许多的蜜月套房、第二蜜月套房以及永久蜜月套房。另外，游客还可租用双人骑的自行车。面带微笑的夫妇手捧着大把的人造玫瑰，面带微笑的当地小孩扮成丘比特的模样——也就是说，赤身裸体——手拿纸做的弓箭指向他们。"嗯，我想，假如你的兴致来了，有个合适的人陪在你身边的话，那里可能会很不错。"苏莉表姐说这话的同时，略带轻蔑地把情人节岛的传单放到了一边。

新年岛的传单上的宣传语是："所有的建筑均为全新。"但事实上，整个岛上只有一座建筑：一座巨大的宾馆。这座宾馆内设有十四间宴会厅，六个大型舞厅，天台上则是一个高尔夫球场。唯一一张在室外拍摄的照片拍的是开阔的中庭，周围的建筑上挂满了中国风格的灯笼。新年岛显然是专门设计为只能短暂停留的旅客服务的，这些人没有太多的时间，并且希望将这段时间用在聚会上，因为除了高尔夫球场之外，仅有的娱乐就是聚会，正如传单所说——"这辈子最棒的派对！"

确实，这里有许多种聚会形式可供选择：有的在一间镀金的舞厅中举行，到处都装饰着气球，人们跳着华尔兹，还有一支管弦乐队作伴奏；有的在"日月如梭的绿色小村"中举行，有爵士乐伴奏和私酿的金酒出售；有的在"让人兴奋的酒吧"中举行，还有在"六十年代嬉皮士的最爱"中举行的，诸如此类。各类服装饰品，包括晚礼服、黑色领带、紫色莫霍克假发、一次性鼻子和嘴唇饰钉等，均可租用。仔细观察过聚会现场照片上人们的面部表情后，我猜测旅客们同样也可以租用共同参与晚会的合适伴侣。在舞者之中，在自助餐桌旁，那些举着香槟酒杯互相碰撞的人们之中，有许多年轻俊俏的女性，和四十岁左右、英俊潇洒的男性。他们都是黑皮肤，身材苗条，面带微笑。他们看起来不像游客。游客看起来才像游客。

我从这些宣传材料中得出的印象是，尽管这上面并没有列出各种消费的价格，但前往大快乐公司位面旅行恐怕要花不少钱。如果你拨打该公司的 800 免费电话或是自己在网上查询，你会知道他们一边保证"一切完全免费"，一边又快活地告诉你最好带上一张"有效的信用卡"。苏莉表姐告诉我："这可比萨莉·安坚持让我们去的那个位于佛罗里达州，有个可笑名字的地方强多了。老天啊，**那些人**，他们能把你给**活剥了**。"

在新年岛上，每到午夜时分（我相信这地方每过十二个钟头就会有一个午夜时分，也可能是六个钟头），所有还能站起来的人都会涌向广阔的中庭，那里有一台三层楼高的大屏幕电视，其中播映着时代广场上飞升的气球。所有的人都会举起双手，还有手中的酒杯——当然，他们做出这样的动作都挺困难的——大家一起引吭高歌，唱的正是那首著名的《友谊地久天长》。这时候天空中会出现焰火，人们的酒杯里也会有更多的香槟，聚会则继续进行着——一直这样反复地进行着。我不知道他们要怎么才能打扫聚会的房间。也许每个聚会厅都有两个副本，一个用于召开聚会，另一个则进行扫除，也许完全就没有人注意到。另外一件让我纳闷的事情是，他们怎么把那些醉鬼送回机场呢？假如他们不这样做的话，肯定会遭遇诉讼。当然，我倒不以为诉讼会对公司本身有任何影响。我也好奇要提供什么给那些参加嬉皮士"爱情聚会"和朋克族"地下派对"的家伙，以及如何让**他们**清醒地返回机场。

不管怎么说，这地方一直都是新年前一天，永远到不了新年。根本不需要什么解决方案。要是这些参加聚会的人乐意继续参加这无休无止的聚会，直到时代广场上的气球再次飞向天空，再次和所有人一起歌唱《友谊地久天长》并得到新一轮的焰火和更多的香槟酒——这样的人根本就用不着回家。我的想象力只能到此为止了。我没办法去思考在新年岛上一直生活下去的可能性。直觉告诉我这种可能性压根儿不存在。

苏莉表姐和我在很多事情上的观点都有抵触，不过这次我们取得了一致意见。"我才不会去那个整天就是聚会的地方呢，"她说，"我一直很**讨厌**新年前一天。"

我发现，在新年岛的中庭里也有一种不同的娱乐元素，那就是来自旧金山的"春节舞火龙表演"。这张照片上的土著扮作美籍华人的模样，我得说这比他们扮作丘比特、精灵或者跨越特拉华州的革命军战士样子时要顺眼多了。这使得我开始思索，大快乐公司的位面上是否会有一些不是美式风格的岛屿。苏莉对此模糊以对。"那儿有很多岛，"她说，"也可能有一些是异国风情的。"

带着这个疑问以及其他的一些疑问，我给我的朋友席达·杜利普打了电话。令我惊讶的是，她竟然完全没听说过这个位面。我将我所知的一切告诉了她，并将手头全部的文字材料给她发了一份。

过了一两周时间，她给我打了电话。她也曾尝试直接联系大快乐公司，不过唯一的收获就是拨通了800免费电话。不过，席达是个渊博而又耐心的人，她终于说服了该公司公关部的某位职员。此人提供了大量的宣传材料——这些东西与苏莉表姐给我的那些并没有太大区别，但不同的是，席达还得到了岛屿改造备忘录的列表。这些计划是由公关部和发展部共同制定的，公司的决策人当前正在考虑它们的可行性。其中包括：

> 五月五日节岛[1]（该计划已经正式开始建设，即将投入运营。）
>
> 逾越节[2]家宴每一晚！（此文档的信息十分粗略，似乎意味着该计划已被束之高阁。）

---

1 五月五日节是墨西哥的传统节日。
2 逾越节是犹太教的重要节日。

宽扎节[1]！非洲之岛（这是一些关于娱乐设施的粗略描述，并提出了"分享式的娱乐"的概念。文件上还有一些高级职员鼓励的批注，像是"**继续努力**"之类的。）

永恒的越南新年（几乎没有任何详细信息。）

酒红节[2]（这份备忘录冗长而富有激情，其中详细讨论了关于彩色水、彩色粉末和传统印度舞蹈等事宜，署名是R.钱德拉纳萨恩。这计划似乎并没有得到上级的支持。）

席达继续进行着对大快乐公司及其位面的调查。

在我写下以上这些之后，我就把这篇东西给放下了。大约一年之后，席达再次与我联系，并约我见了面。

席达告诉我说，自从我们上次谈过之后，她决定向位面管理局进行报告，告诉他们大快乐公司在"假日位面"的所作所为——事实上，早在数个世纪之前，位面管理局就已得知该位面的存在。此地原名穆苏·苏姆，《位面百科全书》里有关于它的记载，当然，书上描述的都是此地原来的状况。

正如人们可能会想到的那样，位面管理局每天的日常业务极其繁忙，它要为新发现的位面登记造册，并对其进行调查，

---

[1] 宽扎节首创于1966年，意在为非裔美国人提供纪念古老文化的机会。Kwanzaa是斯瓦希里语，意思是"最初的果实"。

[2] 印度传统节日，又称胡里节，庆祝方式类似泼水节。

设置以及管理传输点、旅店和游览设施等等,还要调解位面之间的关系,他们还承担着诸如此类的许许多多的责任。不过,得知人们无法自由前往或离开某个位面,且该位面的居民因为经营者的利益,整个位面成了一个大型集中营之后,他们立刻果断地做出了反应。

我不知道位面管理局是怎样行使权威的,甚至连它究竟有怎样的权威都不知道,更不知道它在这样的时候可能会使用什么样的手段来说服违法者。不过,大快乐公司消失了。该公司的消失与它的出现一样充满了神秘感,没在这世界上留下丝毫可供调查的痕迹。

席达将穆苏·苏姆位面的新传单交给了我。现在,所有的岛屿都由岛民组织的合作性机构进行管理,在他们独立行使权利的第一年,位面管理局派出了指导专家。

这样做是很有必要的,因为当地的经济环境已经完全被大快乐公司给毁掉了,而要恢复则需要很长的时间:这是因为所有的宾馆、饭店和过山车仍然还矗立在那里,所有的当地人都受过良好的训练,能很好地为游客服务,可以利用这些东西来获益。不过另一方面,有些情况会让人感到尴尬,这种情况在美国独立日岛上表现得最为明显。当地人对美国的唯一了解就是自己曾经被美国人无情地利用了好几年的时间,难道说这样的人还能组织美国国庆日的狂欢庆典?我想,即使是在我们这个位面上,这种情况也并不是完全没有。为了获益的使用是有正反两面的意义的。

我见到了一位来自穆苏·苏姆的人,他是当地人重获自由旅行权利之后,最初的受益者之一。席达请他来到这里见我。他非常恭谨地感谢了我为他们的解放事业所做的贡献。尽管对我来说这完全是出于偶然,不过这似乎对埃斯默·索·穆的态度没有什么影响。他将一个"代表我们人民感激的礼物"送给了我,这是一个用树枝编织的小球,是小孩子的玩具,制作得相当粗糙。"美国人那种好看的东西我们做不出来,"他有些抱歉地说。不过,我被这个礼物打动了,而他似乎也意识到了这一点。

他的英语相当流利。他小的时候扮演过圣诞老人身边的小精灵,后来又来到新年岛充当侍者和兼职牛郎。他说:"并不是很糟糕。"然后又说,"很糟糕。"然后他那富于表现力的,颧骨高耸的脸庞上现出了笑容,"但不是非常非常糟糕。非常非常糟糕的只有食物。"

埃斯默·索·穆为我描述了他的世界:那里有数百个岛屿,其中许多岛屿上只住有一两家人,他们一直在向大洋外扩张。人们划着筏子来往于各个岛屿之间。"所有人都非常喜欢旅行。"他说。

大快乐公司将所有的人口集中于一片多岛海上,并阻止人们离开这一区域。"把船烧掉。"埃斯默·索·穆简明扼要地说。

他是在假日群岛南方的一个小岛上出生的,而现在,他又得以回到他的家园中生活了。"要是我继续在宾馆干活的话,能挣很多钱,"他说,"但我不在乎。"我请他告诉我他家乡的事。

"哦，"他说着，又一次笑了起来，"你猜怎么着？在我的家乡，根本就没有假日！因为我们**太**懒了！我们每天只是在园子里工作一两个小时，然后我们就不再工作了。我们玩耍，和孩子们一起玩。我们扬帆出海，我们钓鱼，我们游泳，我们睡觉，我们做饭，我们吃饭，我们睡觉。我们要假日有什么用呢？"

不过，管理权的变动让苏莉表姐有点沮丧。"我想今年八月我是不会再回去了。"我给她打电话祝她生日快乐的时候，她有些伤感地说，"如果圣诞节不是美国的圣诞节，我觉得也就没那么像圣诞节了。你觉得呢？"

永醒之岛

那些在二十四小时之内只需要睡眠两到三个小时的人都是天才。至少你听说过的那些都是。要是你没听说过的那些都是傻瓜，那也不用介意。失眠是天才的表现。定然如此。想想看，在那些蠢笨如牛的呆子们躺在床上鼾声如雷的时候，你能做多少工作，思考多少问题，阅读多少本书，做多少次爱呢？

奥里奇位面与我们的位面有很多相似之处，但不同的是，那里有一些根本不用睡觉的人。

在奥里奇位面上一个叫作海·布里萨尔的国度中，有一群科学家相信，睡眠是一种残留的行为模式，对于低等哺乳动物来说是必要的，但对高等的人类而言则并非如此。睡眠可能会使得脆弱的猿类在夜间保持安静并避开危险，但对于文明化的生活则造成了相当的不便——就好像冬眠那么糟糕。而更糟糕的是，睡眠是对智力发展的一种阻碍——对大脑活动的反复抑制。每天晚上，睡眠都会中断大脑正在进行中的功能，粗暴地干扰连贯的思绪，从而阻止人类的心智发展到其最大的潜力限度。这些奥里奇科学家的信条就是：**睡眠使我们愚笨**。

这些科学家所属的政府非常惧怕敌国努姆国的入侵，因此政府鼓励进行任何可能为海·布里萨尔国带来更强的武器或更强的大脑能力的研究。这些科学家的计划得到了政府的资金支持，雇用了最出色的基因工程师，还得到了二十名有生育能力的志愿者，男女各半——他们都是狂热的爱国青年。所有这些人都居住在一个封闭的基地里，科学家们开始了一个绰号为"超智能计划"的研究程序——这个绰号是全国新闻网络的记者给取的，他们非常支持这个计划。四年之后，第一批完全不需要睡觉的婴儿诞生了。（数以百万计的，睡眼惺忪的年轻父母也许会怀疑地表示：婴儿根本就不需要睡觉。但正常的婴儿确实会睡觉，一般是在他/她的父母不得不起床的时候就睡着了。）

然而，第一批的超智能婴儿全都死了。有些只活了不到一个月，另外一些也没活到一年。他们整日整夜地哭嚎，最后安静下来的时候就已经死了。

科学家们经过讨论，认为对于婴儿而言，睡眠是胚胎发育过程的一个延伸，将其取消是不安全的。

海·布里萨尔和努姆之间的冲突愈演愈烈。谣传努姆国正在研究一种空气传播的细菌，这种细菌可以让海·布里萨尔国的所有男性丧失生育能力。第一批婴儿的死亡使得公众对超智能计划的支持动摇了，但政府则并未失去信心，命令基因工程师们重新研究基因图谱，并寻求一批新的志愿者。在登记的第一天就有二十二对爱国夫妻签下了自己的名字。在不到两年的时间内，这些志愿者已经开始生产新一代的超智能婴儿了。

这次的基因编谱精密且准确。按照计划，新生的婴儿最初和普通婴儿睡得一样多，但随着年龄增长，他们的睡眠时间越来越少，直到约四岁时，他们就不会再睡觉了。

他们确实如此。他们没有很快死去，他们活下来了。他们是些讨人喜欢的健康孩子，所有二十二个都是。他们会盯着自己的妈妈笑。他们踢腿、发出无意义的声音、吮吸、爬行，一切都和正常的婴儿没有两样，包括睡眠。他们很聪明，因为有很多人在关注他们，并且他们的学习环境非常好，但他们不是天才——目前还不是。他们学习所有婴儿学习的语言，最初是"咕咕""嘎嘎"，然后是"妈妈""爸爸"，然后是"不！"，还有其他婴儿词汇，只比普通婴儿略快一点。等到他们不需要睡眠的时候，学习的速度和智能的增长将会变得更快。

等到这些婴儿两岁的时候，大部分孩子每晚的睡眠不会超过六个小时。在研究者们所谓的"不眠过程"中，有一些天然的不同。不眠过程进展最快的是一个名叫哈·戴博的男孩，他十个月大时就不再需要在白天睡觉，而在他二十六个月大时，每晚只需要睡两到三个小时。

在数月之间，哈·戴博这个有着大眼睛和银色卷曲头发的可爱小家伙成了海·布里萨尔媒体最关注的人物。每个家庭的电视中都能收到关于他的节目——"超智能男孩"。某天的节目中，哈·戴博兴奋地爬到房间的另一边去和乌伊·塔格教授（科学家主管，博士生导师，《不眠：一切问题的解决方案》一书的作者）打招呼，后者脸上带着矜持却诚恳的微笑，伸出一只手来握住了男孩的小手。某天的节目中，哈·戴博抱着海·布里萨尔最高执政官送给他的毛绒玩具狗在草地上打滚。另一天的节目中，哈·戴博蜷缩在小床上，吮着自己的拇指，似乎已经睡着了，但他突然又跳了起来，向摄影记者做着鬼脸。在此之后，超智能男孩就不再出现于新闻网络上了，所有的超智能计划婴儿也全都不再出现了。差不多有一年的时间，公众几乎没有听到任何关于超智能计划的消息。

这个时候，海·布里萨尔高科技焦点新闻网制作了一部非互动的信息视频，该视频节目——谨慎地——提出了一些关于不眠理论的有效性，以及超智能计划测试儿童的真实智力的问题。整个节目中最能说明问题的一段是关于哈·戴博的，他现在已经三岁半了，完全无须睡眠，还在玩他的玩具狗。男孩和玩具狗仍然都很讨人喜欢，他们正在公园里开心地玩耍，但令人忧虑的是，这个赤身裸体的男孩在跟着玩具狗跑，而非相反。另一方面，哈·戴博似乎对陌生人的出现毫不关心。当人们向他提问时，他有时会完全无视提问者，有时则会做出一些与问题完全不相关的反应，就好像无论是语言还是人类之间的关系对他来说都没有太大意义。记者问他"你现在上学了吗？"他漫无目的地走了几步，然后就在摄像机前面蹲下开始大便。这种行为看起来并不是叛逆心理在作怪，而是因为他完全没有羞耻之心。

尽管如此，节目中出现的另一个小孩——拉·格娜，一个接近四岁的漂亮小女孩，此前被定义为"进展缓慢"，因为她直到此时每晚仍然要睡四个小时——但她对记者的反应显示了足够的热情，她告诉他们，她喜欢学校，因为那里有能看到昆虫颤抖翅膀的显微镜，而且她也会读放在她旁边的字母表。但尽管如此，拉·格娜也并没有成为新的媒体宠儿。在此后两年中，超智能计划的负责人拒绝了所有的采访要求——直到公众的好奇心和媒体的压力终于强大到他们无法抵抗的时候为止。

这个时候，乌伊·塔格博士宣称，不眠测试是成功的。现在，全部二十二个小孩（从不到四岁到刚过六岁）每晚睡眠都不会超过半个小时，而且他们都非常健康。至于他们的智力发展，他解释说，因为这些孩子的发展进程与普通儿童完全不一样，所以也不能用同样的标准来衡量。因此，他们的智力是非常强的，这完全无可置疑。

这样的解释没有满足电视屏幕前的观众，也没有满足对不眠理论提出疑问的见解独特的科学家，甚至都没有满足一直支持乌伊·塔格博士计划的政府——政府期望涌现出一批天才的科学家，让努姆国跪伏在他们的脚下，让海·布里萨尔成为世界上唯一的超级大国。在经历了大量的时间、压力和会议之后，科技调查委员会决定创作一份公正的调查报告，虽然乌伊·塔格教授和他属下的工作人员强烈抗议，但调查还是如期进行了。

调查员们发现，许多超智能儿童的父母非常急切地想与他人讨论自己的孩子，他们乞求得到建议、帮助，以及对他们的孩子进行治疗。每一个热爱着自己的骨肉、绝望的母亲或者父亲都说了同样的一句话:"他们在梦游。"

一个没受过多少教育,但却非常敏感的年轻母亲让她的儿子站在一面镜子面前,并让调查员注意观察他。"米·敏,"她对那孩子说,"看啊,米·敏,镜子里面的人是谁?那是谁呢,亲爱的?那个小男孩,他在做什么?"但是按照调查员报告中的说法,那孩子"没有对镜中的人像做出任何反应","他对那映像毫无兴趣。他根本就不去看那镜像的眼睛。稍后,我注意到他偶尔也会朝我的方向无目的地瞥上一眼,但他从不会看我的眼睛,我也无法盯住他的双眼。我感觉这非常令人不安。"

同样让这位调查员感到困惑的是,他发现这些孩子们不会用手指向某个东西,也不会将目光投向其他人的手所指的方向。"只有动物以及人类的婴儿,"他写道,"才会只看别人的手指,而非其所指的方向,也只有它们才不会用手指示方向。作为一种有意义的、容易理解的姿势,一岁之前的婴儿通常都可以学会用手指向某物。"

这些超智能儿童会遵循直接的、简单的命令,但并不稳定。如果有人告诉他们:"去厨房"或者"坐下",他们一般会照做。如果有人问他们:"你饿了吗?"他们可能会去厨房,也可能会去餐桌旁边等着吃饭,也可能什么都不做。如果他们受了伤,他们不会跑向大人,更不会哭喊。他们只会蹲下来,或低声呜咽,或一声不出。一位父亲说:"就好像他不知道发生了什么事,或者就好像有些事发生了,但他不知道是什么事。"他有些自豪地补充道:"他很坚强。像个真正的士兵。从不会请求帮助。"

对这些孩子来说，用语言表达对他们的喜爱之情似乎是没有意义的，不过，如果他们得到了一个真正的拥抱，他们也许会用鼻子蹭对方，或用力抱紧对方。有些时候，他们也会说一些表达喜爱的话——"真好，真好，真好""妈妈亲，妈妈亲"——但这些话并不是用来回应其父母对他们的挚爱的话语。他们对自己的名字有反应，如果有人问他们叫什么名字，大部分小孩都会回答，但也有一些不会。这些孩子的父母说，他们似乎越来越倾向于"与自己交谈"或"完全不听其他人说什么"，而且他们用的人称代词基本都是混乱的——"你"代表"我"，或"我"代表"他们"。看起来他们之所以说话，主要是出于自发性的冲动，而非回应他人。他们所说的内容是随机的，而非表达他们自己的愿望。

在持续了一年多的耐心而又紧张的研究和讨论之后，调查员们公开了他们的报告。报告中所使用的词汇非常谨慎。他们用大量的篇幅介绍了拉·格娜，这个女孩每天晚上都会有长达一个小时的睡眠，甚至在白天有时也会睡着，因此从实验的目标看来，她是个失败的样本。一位调查员对一位电视记者生动地且毫不保留地描述了拉·格娜与其他超智能儿童的不同之处："她是个可爱的孩子，一个喜欢空想的小女孩。他们全都是这样。她迷失方向了，我是说她的心智；和她说话就好像和狗说话一样，你明白我的意思吗？她也可以说是在听，但大部分的话对她来说与噪音没什么区别。但有些时候，她哆嗦了一下，就像那些刚刚醒来的人，然后她就在**这里**了，她**知道**这一切。其他孩子从来都不会这样。他们不在这里。他们不在任何地方。"

调查员们的最终结论是:"永恒的清醒似乎会阻止大脑获得完全的意识。"

媒体兴奋地做了整整一个月的新闻炒作,各种各样的大标题出现了:僵尸孩童——醒着的脑死亡者——精心设计的孤僻症患者——科学祭坛上的牺牲品婴儿——"他们为什么不让我睡觉,妈妈?"——然后他们就失去了对此事的兴趣。

政府的兴趣在乌伊·塔格教授不屈不挠的说服之下又维持了十二年之久,主要是因为他与最高执政官的一位最受看重的顾问,以及军队中几个非常有影响力的将军有着非常密切的关系。然后,政府突然中止了为该计划提供的资金,甚至都没有发布公告。

这个时候,大部分科学家早已离开基地了。乌伊·塔格教授因心脏病猝发而死。超智能儿童的父母极其烦恼——这些年来他们被迫待在基地,吃得好,穿得好,除了通信设施之外,他们可以享用所有的现代科技——他们现在走出了基地,呼号着请求帮助。

他们的孩子现在已经是十五岁到十七岁了,而且完全不会睡着。进入了青春期之后,他们就完全进入了被某些观察者称为"变异的意识"阶段——另外一些观察者将此称作"清醒的无意识",还有一些人说这是"梦游"。最后一个说法极其不恰当。他们根本就不睡觉,所以根本不会有梦。他们也不会对周遭的环境毫无反应,假如一个梦游者走到大街上,他不会注意到周围的车辆,但他们不是这样的。他们的身体永远都是清醒且警觉的。

从身体方面来说,他们非常健康。因为他们有充足的食物,并且任何时候都可以吃,所以他们没有任何打猎或采集的技能。他们到处乱走乱跑,有些时候他们会在为他们设计的游乐设施那里玩耍,有时会爬上公园里的树,还有些时候他们会在地上挖坑,相互角力。他们成年以后,小孩之间的打闹很快演变成性游戏,然后是性交。

在漫长的软禁中,有两位母亲和一位父亲自杀身亡,还有一位父亲中风而死。剩下的四十位父母数年前设立了轮班制度,试图制止他们的孩子:十二个青春期女孩和十个青春期男孩,他们永远都是醒着的。实验要求父母不得使用任何锁类工具,所以他们无法将孩子们隔离起来。父母们要求得到门锁和避孕工具的请求被乌伊·塔格教授拒绝了,因为他相信**第二代**的永醒者将会验证他的理论,正如在他那本未出版的遗著《不眠:答案即将来临》中所描述的那样。

等到基地的大门开启的时候,四个女孩已经做了母亲,她们的小孩由孩子的祖父母代为照管。还有三个女孩正怀着孕。还有一位母亲被那些无眠的男孩强奸了,而且也怀了孕。她得到了准予堕胎的特许。

在此之后,由于政府拒绝对实验的后果负责,让这些实验品自己求生,使得他们遭遇了一个充满了羞耻的时期。有些超智能儿童成了性工具、色情影片演出者。还有一个被自己的母亲杀死，这位母亲因防卫过当而在监狱中度过了短暂的刑期。最后，在第四十四任最高执政官的命令之下，所有仍存活着的永醒者，包括他们的小孩，都被送到了一个位于鲁穆河三角洲的偏远岛屿上，从那以后，他们的后裔一直都存活在那里。这个岛屿成了海·布里萨尔的特殊病房。

第二代的超智能儿童并没有验证乌伊·塔格的理论，相反，他们证实了基因工程师的技术：第一代的超智能儿童是可以生育的。所有第二代以及以后的超智能儿童在五岁之后都不能睡眠了。

现在，在永醒之岛上约有五十五个永醒者。当地的气候非常温暖，他们所有人都赤身裸体。每隔一天，会有一艘属于军队的喷射艇将面包、水果、奶酪以及其他无须烹饪的食品送到沙滩上。除了这些供应之外，不允许任何人接近该岛，也不允许进行任何人道主义援助和医疗援助。旅游者（包括从其他位面前来的）只能在附近的一座小岛上，通过高倍率望远镜来观察永醒者。经常会有一群科学家乘坐直升机进入永醒者之岛上的两座观察塔楼之中。永醒者是不能进入这两座塔的，塔的外层是单透玻璃，塔中更有各种极其复杂的观测设备。"拯救永醒孩子联合会"派出的警戒人员则得到了在南边的沙滩上游行、守夜的权利。这个组织中的活动家经常尝试用船将永醒者救走，但军队的喷射艇和直升机每一次都成功地阻止了他们的行为。

永醒者每天的生活内容如下：晒太阳、步行、跑步、攀爬、荡秋千、摔跤、自己整理毛发或互相整理毛发、抱小孩或为婴儿哺乳，以及性交。男性会为争夺与女性的交配权利而互相打斗，他们也经常痛打那些拒绝与他们交配的女性。当食物出现在沙滩上时，所有人都会为争抢食物而互相攻击，也造成了一些人的死亡。群奸事件时有发生，因为男性看到其他人性交的时候就会兴奋起来。在母婴之间和兄弟姐妹之间似乎有表明特殊关系的迹象可寻，除此之外，不存在任何的社会关系。他们不会教学，也没有迹象表明个别的永醒者会从其他人处学习技能或通过模仿形成风俗。大多数女性从十三四岁时开始每年生一个孩子。她们照顾小孩的技能只能说是天生的，但是，关于人类是否有任何天生的技能这个问题本身还没有定论。无论如何，大部分的婴儿都会死。母亲将死去的婴儿就放在他们死的地方。在断奶之后，小孩就必须自己照顾自己了。由于经常能得到食物补充，有不少人能活到青春期。

成年女性通常的死因是遭到殴打，或是分娩的并发症。女性的永醒者很少能活过三十岁。男性活得更久些，但他们首先要活过最危险的十五岁到二十五岁的时期，这个年龄段的男性每天都在打斗。永醒之岛上活得最长的一位居民，编号为FB-204，观察者们给她取的昵称是菲比。她活到了七十一岁。菲比十四岁的时候生了个小孩，在此之后她似乎丧失了生育能力。她从不会拒绝男性的交配要求，因此很少挨打。她性格害羞而又懒惰，除了捡拾食物之外，她很少出现在沙滩上，即使出来了，也会很快躲回树林里面。

这一种群当前的族长是一个头发斑白的男性，编号为MTT-311，现年已有五十六岁，他长着强壮的肌肉，体格非常好。白天，他大部分的时间都在沙滩上晒太阳，而夜晚，他在岛屿中央的树林里四处游荡。有些时候他会用自己的双手在地上挖坑，或用石头阻住小溪的水流，他这样做似乎只是为了发泄多余的精力，因为这些简易水坝的存在完全没有作用，它们甚至不能让水流转向。一个年轻的女性每天晚上都要花时间撕下树皮和树叶，将这些东西堆成一堆，像一个巨大的巢穴，但她根本不会让这些东西派上用场。还有几个女人在倒掉的树木中搜寻蚂蚁或各种幼虫，找到一个就吃掉一个。这是唯一一个不是为了满足身体急切需要的行为，至少观察者至今为止仅仅发现了这一个。

尽管这些永醒者非常肮脏，而且其中的女性很快就变得衰老，但在他们年轻的时候都是很漂亮的。所有的观察者对于他们性情的描述不外乎温和、严肃以及超凡的冷静。最近有一本关于永醒者的书出版了，书名叫作《欢乐的人们》——后面接一个奥里奇人通用语的问号。

奥里奇的思想家们仍然在为永醒者而争论不休。如果你不能意识到自己是欢乐的，你还是欢乐的吗？意识究竟是什么？意识真的像我们所想象的那样，是一种巨大的恩惠吗？一只正在晒太阳的蜥蜴和一个正在晒太阳的哲学家，哪个是更好的？我们为什么说他/它是更好的，究竟是怎样一个好法？蜥蜴存在的时间可比哲学家长多了。蜥蜴从不洗澡，从不将它们的死者埋葬起来，也不会搞什么科学实验。蜥蜴的数量也比哲学家多得多。那么，是否可以说蜥蜴是一个比哲学家更为成功的种群呢？莫非比起哲学家来，上帝对蜥蜴更为偏爱？

不管一个人对这些问题的答案是怎样的，但对永醒者的观察（以及对蜥蜴的观察）似乎已经证明了，意识对于生活过得满足，并不是必要的。确实，由于人类拥有意识，所以人类把意识抬到了一个非常高的高度，但是意识本身或许正在阻止人类获得真正的满足感：就好像一只藏在幸福的苹果中的虫子。那么，存在的意识是否会干扰存在本身——扭曲、阻碍、削弱了它呢？似乎在所有位面的所有宗教中都有逃离意识的倾向。如果说涅槃意味着灵魂从自我解脱出来，使其重新与躯壳合二为一，得以单独地面对它所属的世界（或神祇），那么，是否可以说永醒者已经达到了涅槃的境界呢？

可以确定的是，意识的存在使人类付出了高昂的代价。而这代价，就是我们在一生中的三分之一时间里，都又瞎、又聋、又哑、无助以及愚蠢——我们睡着了。

然而，我们还会做梦。

在努·莱普所著诗歌《永醒之岛》中，诗人将永醒者的生活诗化为"在梦中的梦中……"。

> 梦的水流总会从身体的沙洲边流过，
> 　像神秘的花朵一般盛开；
> 梦的眼睛永远为太阳和星辰而醒……

这是一首十分动人的诗，提供了对永醒者为数不多的积极看法的其中之一。但海·布里萨尔的科学家宣称永醒者不会做梦，也不能做梦，尽管他们也许很乐意让诗人来解脱他们的良心。

与我们的位面一样，只有某些动物（包括鸟类、猫、狗、马、猿和人类）经常会进入称为睡眠的状态，在这个时候，他们的大脑和身体都会进入一种特有的状况。只有在这个时候，他们中的某些人/动物还会进入更为特别的状态/活动，其特征是极其特殊的脑电波类型以及频率。我们将这种状态称为做梦。

永醒者不会进入这种状态。他们的大脑没有这种功能。他们就像是爬行动物，只会进入某种迟钝的状态，但不会睡眠。

一个名叫托·哈德的海·布里萨尔哲学家写下了如下的自相矛盾、似是而非的阐述：若一个人要成为其自我，则必须同时成为虚无。若一个人要了解其自我，则必须先了解何谓虚无。永醒者每时每刻都能感受到这个世界，没有空闲的时间，也没有自我可以存在的空间。他们没有梦，所以不会讲故事，所以语言对他们来说是没有用的。他们没有语言，所以没有谎言。因此他们没有未来。他们只生活在此时此刻，一切都触手可及。他们生活在纯粹的事实当中。但他们不能生活在真实的世界中，因为，这位哲学家说，通向真实的道路必须首先踏过谎言和梦境。

恩纳·穆穆伊的语言

恩纳·穆穆伊的"花园式乌托邦"以其绝对安全而著称——"对于儿童或老人来说是一个非常理想的位面。"但来访的游客并不多,而且几乎所有人(包括其中的儿童和老人)都发现这个地方过于沉闷,以至于想方设法地尽快离开此地。

所有地方的景致都是一模一样——无论是山丘、田野、高原,还是森林和村庄,都一样是肥沃富饶、景色优美、毫无季节变化,总之就是千篇一律。农田和荒野看起来完全没有区别。仅有的数种植物全都是有益的,或提供食品,或提供木材,或提供纤维。动物的种类则更少,只有细菌、海中一种类似水母的生物、两种益虫,还有恩纳·穆穆伊人。

他们的举止讨人喜欢,但到目前为止,还没有人能够与他们成功地交谈。

尽管他们的单音节语言听来相当悦耳,但即使是翻译器也无法解释其中的逻辑,因而我们无法依靠它与恩纳·穆穆伊人进行哪怕是最简单的交谈。

也许看看他们的文字可以为破译他们的语言提供一些方向。恩纳·穆穆伊的文字是一种音节文字，每个字符代表一个音节，而这样的字符足有上千个。每一个音节都是一个单词，但并没有固定、特定的意义，只有可能的范围，这要依靠它前面、后面或附近的其他音节来确定。恩纳·穆穆伊语中的单词没有具体指涉，只有一些潜在定义的核心，要根据其上下文才能确定这些定义是否被创建或被激活。因此，除非恩纳·穆穆伊语的句子数目有限，否则不可能编制一本准确的字典。

另一方面，恩纳·穆穆伊的文字不是横向书写，也不是纵向书写，甚至不是依照任何一个固定方向书写，而是放射性的。许多单字从最初的，或说中央的一个单字开始向外拓展，就像树木枝叶的生长过程或晶体的结晶过程一样；等到整段内容写完之后，最初写下的那个字很可能既不在所有字的正中间，也不代表句子的开始。文学作品将这种多方向的复杂写法发挥到了极致，众多的单字看起来就像迷宫、玫瑰、洋蓟、向日葵，或不规则的多边形。

不管我们说的是哪一种语言，我们都可以用几乎任何单词来为一个句子开头。这、那、他们、然而、后来、向、野牛、无知、自从、温尼缪卡、在、它、因为……英语中**任何**单词都可以当作一个句子的句首词。在我们说出或写下一个句子的同时，每个单词都会影响接下来一个单词的选择——如果下一个单词是名词、动词或形容词等，则其句法功能将受到影响；如果下一个单词是代词，则其人称和单复数将受到影响；如果下一个单词是动词,则其时态和单复数将受到影响,如此这般。随着句子逐渐得到组织,可选择的范围也逐渐缩小了,直到句子的最后一个单词:到了这里我们很可能只剩下**唯一**一个可用的词了。(以下这个著名的引用例句虽然只是个片语而非一个句子,但却非常完美地验证了上述的理论:To be or not to—。)

似乎在恩纳·穆穆伊的语言中,受到其他单词影响的并非只有单词的选择——名词或动词、人称、时态等——除此之外,每个单词所代表的意义都会受到句中在其之前出现,以及**可能会在其后出现**的所有单词的影响(如果恩纳·穆穆伊人真的是以句子这种形式说话的话)。因而,翻译器在接收到仅仅数个单字之后,便开始输出各个单字的所有可能代表的意思的组合;容易得知,这种组合的数目是以几何级数上升的,所以机器很快就会过载,然后当掉。

至于对他们文字的翻译,要么毫无意义,要么是有多种完全不同的荒谬解释。打个比方,有这么一段共有九个字符的文字,我曾经见过四种不同的翻译:

"这个空间中的所有人都是朋友,正如天空下的所有生物。"

"如果你不知道里面有什么,请你小心,因为如果你带着心中的仇恨进入,天花板将会落在你的头上。"

"每扇门的后面都是神秘。谨慎无用。在永恒的凝视之下,友谊和敌意都毫无意义。"

"请进吧,陌生人,我们欢迎你。现在请你坐下。"

这段话的文字组合起来像是一颗前端发光的彗星,人们经常会在门扉、盒盖和书籍的封面上看到这段文字。

因为恩纳·穆穆伊人都是素食者，他们个个都是技艺高超的园艺家。他们的艺术包括烹饪、珠宝和诗歌。每一个村庄都能够培育、采集、制作出村民所需要的所有东西。村庄之间也有贸易往来，一般是一方向另一方购买做好的菜肴，以他们那极其有限的蔬菜为材料，由专业厨师烹调特制菜肴。著名的厨师用自己做的菜与菜农交换原材料，换得的东西多一些。至今为止，我们并未发现此地有任何的采矿业，但只要随意在河床附近走走，就会捡到蛋白石、橄榄石、紫水晶、石榴石、黄宝石和有色石英。当地人用这些宝石换取使用过或未使用过的金银。这里也有钱币的存在，但它只有一种象征性的意义：这些钱币被用于赌博（恩纳·穆穆伊人用骰子、筹码和骨牌等物品进行多种低强度的赌博游戏）和购买艺术品。这种钱币珠光淡紫，是半透明的，形状与大小都与指甲差不多，它们是最大的水母死后留下的残骸。这些贝壳一般是从海滩上捡来的，它们拿到内陆后可以用来交换制作好的珠宝和诗歌——如果那些写在白纸、小册子和卷轴上的看起来很漂亮的文字确实是诗歌的话。

有些游客确信这些文字是宗教作品，他们将此称为曼荼罗[1]或经文。另外一些游客则确信恩纳·穆穆伊人没有宗教。

在恩纳·穆穆伊位面上，有很多"文明种族"的存在迹

---

[1] 印度教和佛教所用到的象征宇宙的符号。

象——这是来自我们位面的游客的说法。最近，如果来自我们这个位面的游客将某个种族称为"文明的"或者"开化的"，这通常意味着该种族曾经在彻底利用人力资源和自然资源的基础上，发展资本主义经济和工业化科技。

在田野和高原荒地的周围，有很多大城市的废墟、漫长道路的遗迹、广阔的荒漠化土地和遭受永久性污染的地区，还有其他种种足以证明发达的科学技术和充满进取心的社会曾经存在过的迹象。这些遗迹都非常古老，并且恩纳·穆穆伊人似乎不认为它们有什么意义，换句话说，他们不会对它们表示敬畏，更没有任何兴趣。

他们对待外来者的态度也同样是如此。

因为没有人能理解恩纳·穆穆伊人的语言，所以也没有人知道恩纳·穆穆伊人是否有什么关于他们祖先的历史记载或者传说。他们的祖先创造了许多作品，却又造成了巨大的毁灭，遗迹散落在这个平静的地方。

我的朋友洛尔说，他听说恩纳·穆穆伊人用一个音节来指代那些废墟：nen。根据他对恩纳·穆穆伊语言的了解，nen 这个音节的具体所指可能是包括从大洪水到微小的闪光甲虫在内的许多东西，当然，这是要依靠其周围的其他音节才能确定它代表的究竟是什么。他说，nen 这个字的中心内涵可能是"快速运动的东西"或"快速发生的事件"。对于那些长满了野草的永恒的废墟（尽管村民住得离它们很近，甚至可能利用它们作为村庄的地基），现已沉到湖底的损坏水泥路面、广阔的化学废料沙漠（除了一种在有毒的水洼里生长的紫色菌类之外，没有任何生物能在那里生存）而言，这显然是个相当奇怪的名字。

但另一方面，我们并不能确定，对于恩纳·穆穆伊人而言，是否所有东西都有一个名字。

洛尔在"花园式乌托邦"度过的时间比大多数人都要长。我请他为我写下一些关于那里他想要讨论的问题。于是他给我写了如下的一封信：

> 你问了关于语言的事。我认为你将问题描述得很清楚。我想，也许我可以提供一个能够帮助你思考这个问题的方法：
>
> 我们说话的方式像蛇。一条蛇可以走向任意一个方向，但它同一时间只能走向一个方向，也就是它的头所在的方向。
>
> 他们说话的方式像海星。一只海星通常什么地方都不去。它没有头。这样它就有许多方向可以选择，尽管它可能不动用这些选项。
>
> 我想，一只海星通常是不会遭遇二者择一的选择的，就像左或右、前或后这种选择；因为它可能有五种方法来判断左右、前后，也可能有二十种方法。对于海星而言，唯一一个非此即彼的选择就是上或下。其他所有的方向，或说选择，全部都是混杂在一起的。
>
> 我想这可以描述他们语言的一个特征。当你用恩纳·穆穆伊语说一段话的时候，你所说的内容有一个中心，但句子

的其他内容是以不同的方向从这个中心发散出来——或者说，从不同的方向聚向这个中心。

我听说在日语中，只要对句子中的一个词或词组略加改变，整个句子的意思就完全不同了，所以——我不懂日语，这只是我的猜测——如果一个词中的一个音节发生变化，那么原本是"蟋蟀在星光下合唱"的一段话就变成了"出租车堵在十字路口中央动弹不得"。我猜，日本的诗歌也一定经常使用这种微妙的双关语。一句诗是半透明的，只要放在不同的上下文之间，就会变成两种不同的意思。表面上的含义允许一个潜在的变化含义与其同时存在。

用恩纳·穆穆伊语说出的所有话都是这样。每段话当中都包含着其他的潜在含义，因为每一个单字的意义要依靠其周围其他单字的意义才能确定。因此，你不能将这些单字看作是与我们的单词完全一样的东西。

在我们的语言中，一个单词是一个实体，它有固定的读音，固定的使用形式。比如说，cat。不管这个单词是在句子中，还是将其单独拿出来，它都有固定的含义：某种特定的动物。这个单词的读法是固定的三个音素，写法则是固定的三个字母——c，a，t，也许还要加上 s，这样就完成了 cat 这个单词。清晰明了。动词的变化性则更大一些。当你使用 had 这个单词的时候是想表达什么呢？它的意思就不是全部由其本身决定了。had 与 cat 是不同的，它需要上下文，需要一个主语和一个宾语。

在恩纳·穆穆伊语中,没有一个单词是和 cat 一样的。每个单词都更像 had,但程度则更深,深得多。

举个例子吧,就说 dde 这个音节。它没有一个确定的意思。A no dde mu as 这段话的意思基本上相当于"我们到树林里去吧";在这里,dde 的意思是"树林"。但如果你说,Dim a dde mu as,这代表的意思差不多是"树站在路旁":在这里,dde 的意思是"树";而 a 的意思不再是"去、到",而是"路";而 as 也不再是"里面"而是"旁边"。但如果这一群有固定意义的词分散到其他的词中间去,意思就又变了——Hse vuy u no a dde mu as med as hro se se:"旅行者们穿过了万物皆不能生长的沙漠。"现在 dde 的意思变成了"沙漠",而不是"树"。还有,*o be k'a dde k'a*,这里的 dde 意为"好客的,慷慨的"——跟"树"已经完全没有关系了,或者可以说是某种隐喻。上述这段话的意思基本可以认为是"谢谢"。

当然,一个单字可以表达的意义并不是无限的,但是我们仍然不可能将它所有可能或潜在的意义全部列出来。甚至不能够像汉语字典那样,将其所有可能的意义列出一个长长的清单。汉语也是一种单音节的语言,其中的每一个音节,如"xing"或"long",其本身都可能有数十种以上的含义,但它仍然是一个单词,尽管它的意义在一定程度上要依靠上下文来确定,尽管可能有五十个不同的汉字表达不同的意义。事实上,一个音节所代表的每个不同的意义都是一个单词、一个实体，语言的宽阔河床中的一颗鹅卵石。

在恩纳·穆穆伊语中，每个音节只有一种写法。但它不是一颗鹅卵石。它是语言长河中的一滴水。

学习恩纳·穆穆伊语就好像学习如何编织水滴。

我确信，即使是对于他们自己来说，学习这门语言也不会比我们学的时候更轻松。但是他们有足够的时间，所以这不是个问题。他们的生活方式和我们不同，我们的方式就如同一匹比赛中的赛马那样，从此处开始，到彼处结束。他们生活在时间的中心，就好像海星的生活是以它自己为中心。就好像太阳在它自己光芒的中心。

我对这门语言所知甚少——虽然我方才所做的关于 dde 这个音节的专题论述似乎有着相当强的学术性，但事实上我确实所知甚少，而且就算是我所知道的内容，也不能确保其正确性。我仅有的知识都是来自儿童的。孩子们使用单词的方法与我们较为接近，他们有可能会用不同的句子来表达同样的意义。但是孩子们一直都在学习；在十岁左右的时候，他们开始学习读书写字，这时他们所说的话就越来越像成年人说的了；等到他们十四五岁时，我就很难听懂他们在说什么——除非他们让刚学会说话的幼儿对我说话。他们经常这么做。人们一生都在学习如何读写。我怀疑这不仅仅是学习已有的字符，还包括发明新的字符，以及新的字符组合方式——那些美丽的、充满意义的字符图案。

他们是很好的园艺家。他们种植的东西基本上可以说是在自行生长，因为这里没有杂草，也没有害虫，所以不需要除草杀虫。不过，你也应该知道，就算如此，在一个种植园里总还是有些事情要做的。在我居住的村庄里，总是会有人在种植园或树林中工作。不过，没有一个人会让工作把自己搞得疲惫不堪。工作结束之后的下午，他们会聚集在树荫下，交谈、大笑，进行他们那种极其漫长的谈话。

他们的交谈经常会被附近其他人的背诵打断，或是取出一张纸、一本书出来朗读。也有些人早已先行离开，自己去读或写一些东西。有很多人每天都在棉花植物做的薄纸上写字，当然，他们写得非常慢。写好后，他们会将这张纸送到其他村民手中，互相传递，每一个拿到这张纸的人都会大声朗读上面的字。也有些人会在村中的工场里加工一块珠宝，用金线、蛋白石、紫水晶之类的材料制作头饰、胸针、复杂的项链，等等。这些首饰做好之后，也会在村民之间互相传看并送出去，一个人先戴这首饰，然后给另一个人，没有人会将它留在自己手中。在村庄中也有一些贝壳钱币，有时，某人会在赌博游戏中赢得许多钱币，则其他人会用一两个宝石首饰换回钱币，通常这个时候大家都会大笑并且互相嘲讽。其中一些珠宝首饰非常漂亮，有像是环状细丝的细致手部饰品，有又大又沉的项链，其形状像是超新星或互锁的螺旋。有些时候我也得到了珠宝，那就是我学会 *o be k'a dde k'a* 这句话的原因。我会将这首饰戴上，过一会儿再交给其他人。其实我内心里是很想将它据为己有的。

后来，我终于意识到有些珠宝是一个句子或一行诗。也许所有的珠宝都是。

村中的乡学设在一株坚果树下。温暖多云的天气永远不会变化，所以你可以待在室外。似乎没人介意我坐在学校那里听讲。孩子们每天都会聚集在这棵树下面玩耍，不过，有时会有一个村民走过来，教他们一些事。大部分课程似乎都是讲故事形式的语言练习。教师讲一个故事的开头部分，由一个孩子继续讲下去，然后其他小孩再接着前面的同学讲。每个人都非常专注地聆听，准备随时接上去。根据我的分析，他们所讲的事情无非是村中的日常事务，相当沉闷，但其中也有转折和笑话，如果有人创造了一个出乎意料的用词法或连接法，所有人都会非常开心——"宝石！"他们会说。有时会有一个比较正规的教师来到村庄里，讲授为期一到三天的课程，教孩子们读和写，然后这位教师又会前往附近的其他村庄。这个时候，青年人和一些成年人也会来到树下，与孩子们一起听课。我也正是因为听过课，才得以搞清楚在一段具体的文字中某个单词该作何理解。

村民们从未试图询问关于我本人的问题，包括我是从哪里来的，等等。他们完全没有这方面的好奇心。他们亲切、耐心、慷慨，与我共享食物，还给我一栋房屋，让我和他们一起工作,但他们对我不感兴趣。或者,据我了解他们对任何事情都不感兴趣,除了那些日常的工作——照料种植园、准备食物、制作珠宝、写字和交谈。但他们只会两两交谈。

对我来说,他们的语言太过复杂,因此他们很可能认为我是个智力残障人士,正如所有来到这个位面的外人一样。我也曾做过最平常的学习语言尝试:交换单词。拍打着自己的胸口,说出自己的名字,同时好奇地看着你面前的人;或者拿起一片叶子,然后说"叶子",同时充满希望地看着你面前的人……他们就是不回应。就连小孩也都是一样。

据我了解,恩纳·穆穆伊人没有名字。他们相互之间的称呼是变换不定的词组,表示长久或临时的血缘关系、责任与依赖关系、当时的具体情况以及无数种不同的社会联系和感情联系。我可以指着我自己,说"洛尔",但是这不能表达以上的任意一种关系。

我猜,我所说的语言在他们听来不过是一个白痴发出的噪音。

除了他们自己之外,他们的世界上没有任何东西会说话。除了他们自己之外,其他的东西就连感觉能力都没有,智力就更不用说了。在他们的世界上只有一种语言。他们将我视为一个人类,不过是一个智力有缺陷的人类。我不能说话。我不能将那些单字恰当地连接起来。

我在机场的时候身上带着一本杂志,是美国某个自然环境保护协会的出版物。我把它也带到这个位面来了。有一天,我将这杂志拿了出来,递给正在聊天的村民们。对于上面的文字,他们毫无兴趣,更没有提出任何有关的问题。我确信他们根本不认为那是文字——二十多个黑色的字符反反复复、无穷无尽地重复出现,而且都是一行行地直线式书写,这与他们那种非凡的旋转蔓生状文字和互锁的复杂花纹式文字没有丝毫相近之处。但他们对那些图片很感兴趣。这本杂志上面有很多彩色的动物照片,都是那些濒临灭绝的珍稀动物:珊瑚礁和其中的鱼类、佛罗里达美洲狮、海牛、加利福尼亚秃鹫等。村民们传看了这本杂志,从其他村庄来到这里拜访、做生意、交谈的人们也要求得其一窥。

后来,那位正规的教师来到这里的时候,他们又将这杂志给她看了。她询问了我一些关于上面图片的问题,这也是唯一一次有某个恩纳·穆穆伊人试图问我问题。我想,她应该是在问**这些人是谁**?

要知道,在他们的世界里,除了他们本身之外没有其他的动物。只有一些小型的、无害的蜜蜂和苍蝇,它们为各种植物授粉,分解有机物。所有的植物都是可食的。仅有的一种草本植物属于谷类,其谷粒富含营养。木本植物则有五种,全部都可以产出水果或坚果。其中一种是常青树,其木材可供建筑,坚果可食。另有一种分布非常广泛的灌木，它们出产用于纺织的类似棉球的东西，其根茎可食，叶子可用于泡茶。除了必需的各种细菌之外，这个世界上的动物和植物种类加起来顶多只有二三十种。所有这些生物，包括细菌，都是"有用"且"无害"的——对人类而言。

这里的生活是一种经过精心设计的工程学产品。确实是个乌托邦。它拥有所有人类需要的东西，人类不需要的东西则一样都没有。美洲狮、秃鹫、海象——有谁需要它们呢？

罗南的《位面手册》将恩纳·穆穆伊人描述为"退化的——古代伟大文化的残留后裔"。罗南刚好把事情说反了。在这个位面上，真正退化的是古代文化本身。所谓的"古代伟大文化"本来拥有一种广阔、富饶、极其丰富多彩的生活方式，就像我们这个世界一样。但他们将它缩小成了可怜的一点点。

我很确定，这件可怕的事情所发生的年代一定是在那些废墟毁灭之前。他们那些拥有发达科技和各种有用发明的祖先剥夺了他们观察这个世界原本模样的权利。那些祖先说，我们的世界充满了疾病、天敌、废物和危险——可怕的细菌和病毒总是试图感染我们；在我们饥饿的时候，有害的杂草却越来越茂密；那些携带着毒物和瘟疫、毫无用处的动物还在与我们争夺空气、食物和饮水。他们说，这个世界对于人类来说太难以生存了，对于我们的孩子来说太难以生存了，但是我们知道怎样将事情转变过来。

所以他们就这样做了。他们消灭了所有没有用处的生物。他们将一个极其复杂的样本简化为一个完美的样本。整个世界成了一个绝对安全的看护室，一个主题公园——在这里人们除了享受生活之外，什么都不需要做。

但是，恩纳·穆穆伊人比他们的祖先更聪明，至少是在某些方面更聪明。他们用某种无限复杂、无限丰富而又没有任何符合逻辑的用处的东西，将这个世界又变得复杂了。他们用的就是语言。

他们没有任何表现式的艺术。他们的陶器，以及其他所有东西上面的装饰都只有那些美丽的文字。他们仅有的模拟整个世界的方式就是将单字放在一起，它的意义就在于，让单字以一种极其复杂、永远都在改变的方式互相关联，形成一些以前从未出现过的花纹和图样，这些美丽的形式只能存在短暂的一小段时间，然后又转化为其他的形式。他们的语言是他们自己的繁茂而又不断变化的生态环境。他们仅有的丛林和荒野都在他们的诗歌当中。

正如我所说，我那本杂志中的动物图片引起了他们的兴趣。他们凝视着那些动物，脸上带着一种我不甚明了的表情，我认为那包括了不解和惆怅。我将那些动物的名称告诉他们，同时用手指着代表它们的单词。他们重复着我所说的话：me-i-zhou-shi，tu-ji-u，ha-i-ni-u。

对于我的语言，他们认真听过，并且意识到它们有意义的单词就只有这几个。

我猜,他们对于这几个单词的理解程度恐怕与我对他们那些音节的理解程度差不多:理解得非常少,而且很可能是全部错误的。

有时候,我会在村庄附近的古代废墟中漫游。其中有个地方被附近的村民用作采石场,因而我得以发现一堵墙上的雕刻作品。这是一幅浅浮雕,岁月的痕迹使得它已经开始脱落,但我通过研究,看到了上面的内容:一群人类,其中还有一些其他动物。很难描述这些动物的模样,只能确定那肯定是动物。有些是四条腿的,还有些长着巨大的角或翅膀。这些可能是曾经真实存在的动物,或者是纯粹的想象,或者是动物之神的形象。我也曾试图向那位教师询问关于它们的问题,但她只是说,"nen,nen。"

建筑

摘自未出版的《柯克，里希克及约格游记》，托马斯·阿道尔著，感谢作者的授权。

柯克位面的不寻常之处在于，它有两种理性的——或者多少有一点理性的生物存在。

达柯人是一种矮壮、绿棕色皮肤的类人生物。较之达柯人，艾柯人要略高些，皮肤的绿色也更深一点。虽然这两类生物拥有近缘的共同祖先，但两族间的异性不能共同繁殖后代。

约四千年之前，《位面百科全书》将达柯人描述为一个处于EEPT的种族，即处于人口和技术爆炸式发展的时期。

在此之前，两族人之间从没有联系过的记录。艾柯人住在南大陆，而达柯人则占据北半球。随着达柯人人口的增长，他们逐渐开始扩张，占据了北半球的三个大陆之后，又转向南大陆。当他们征服了他们的整个世界之时，也就顺便征服了艾柯人。

达柯人尝试着将艾柯人作为奴隶，让他们去做一些家务或充当工人，但却失败了。艾柯人虽然没有攻击性，但似乎也不听从命令。在 EEPT 时期的顶点，最为激进的达柯人国家以谋求发展为名义，提出要屠杀掉那些"原始"而"不听教化"的艾柯人。近赤道地区的达柯定居者将艾柯人的残余驱赶到更远的南方，把一些难于生存的沙漠和海岸边的藤丛地区划给他们作为保留地。

柯克世界所有的物种，除了那些害虫和毫无特点却无法根绝的细菌，都在达柯人 EEPT 时期遭受了重大损害。在最终一次生态灾难中，达柯人口在四十年里锐减了四十亿之多。得以幸存的物种其数量也降到了非常低的水平，其精力也大都放到如何生存而非如何统治了。

至于艾柯人，他们的人口最少时大约只剩下几百，然而却仍度过了快速毁灭的时期，直到整个行星化为废墟以后，仍然存活于世。

也许基因源的匮乏可以解释为什么艾柯人中某些特征的盛行。但并不能说明他们文化表现的一致倾向。我们不知道在大毁灭之前他们的行为是怎样的，但他们这种一再地抗拒其他生物种群命令的行为暗示着，他们实际上正在工作，而且是服从于他们自己人所下的命令。

现存的达柯人约有二百万，多数居住在南大陆以及西北大陆的海岸边。他们在小城市、城镇或农场上生活，从事农业或商业；因为受到资源危机和神权力量严厉制裁的双重影响，他们的科技效率很高但规模有限。

艾柯人的人口约为一万五千至两万人，所有人都居住在南大陆。他们以采集、捕鱼为生，偶尔也进行有限的农业生产。从前他们驯养的动物大多已经灭绝，只剩下一种名叫"布"的动物，这是一种由群居食肉动物进化而来的聪明生物。在动物还尚未灭绝的时候，艾柯人把布当作打猎时的助手。大毁灭发生之后，他们就用布来运载较轻的负荷，或作为自己的玩伴，在最艰苦的时期还可以作为食物。

艾柯人的村庄是移动的。从那古老到无法追忆的岁月开始，他们的房屋就是由轻便的杆状物构筑框架而成的圆顶布帐篷，这种住宅易于建造、拆除和运输。他们主要的生活资料来自于一种藤状植物，它在沙漠中近乎干涸的湖泊里，以及南部大陆赤道附近的海岸边均有分布；他们吃这种植物的嫩芽，将纤维纺成线、织成布，用它的茎来做绳子、篮子以及各种工具。一旦他们用完了整个地区的所有植物，他们就会进行一次迁徙。那种藤状植物在数年之内会由根部再长出来。

自从几千年前被达柯人驱赶进入沙漠和藤丛植物遍布的区域以后，艾柯人大多一直居住在那里。不过也有一些艾柯部落在达柯城镇附近定居下来，与达柯人交易，有时候也来点小偷小摸。达柯人会买下他们那些质地优良的帆布和篮子，并且对他们的偷窃行为容忍到令人难以置信的程度。

事实上，达柯人对艾柯人的看法很难说清楚。其中一部分是谨慎；还有一种并非是怀疑或不信任的不安；此外就是一种——令人吃惊的——警惕，而不至于憎恨或轻视艾柯人，甚至有点讨好的成分在其中。

艾柯人对达柯人的看法就更难以描述了。两族人在交易时会采用一种包括双方语言中要素的混合语言或"行话",但从没有一个人会去学习对方的语言。双方似乎都满足于不产生任何其他关系的共存方式。双方彼此之间毫无关联,除了那些在达柯定居点附近的琐碎而恼人的接触——还有那种有限而又很奇特的协作,我只能将其称为艾柯人的"特有执念"。

我对"特有执念"这个短语并不满意,然而"文化本能"比前者更糟糕。

大概在两岁半或者三岁的时候,艾柯幼儿就会开始建筑。任何到了他们绿铜色小手中的物品都可能会被堆积起来,为他们所谓的"房屋"添砖加瓦。艾柯人用同一个词来指代这种微型建筑和他们居住的那种由杆状物和帆布搭建的脆弱圆顶帐篷,但除了两者都有房顶和门口之外,实在无法找出更多的共同点。孩子们的"房屋"呈矩形,屋顶是平的,而且都是用沉重的固体材料建造的。它们不是对达柯人房屋的模仿,那样的说法有很大的偏差,因为这些孩子们大多数从未到过达柯城镇,也从未见过达柯建筑。

令人难以置信的是,这些孩子中的每一个建筑的房子与其他孩子建筑的都很一致;接下来,更令人惊讶的是,他们的建筑风格就和昆虫一样,是天生的。

这些孩子们再长大一点之后,就可以创造出更大的建筑物,但最高也不过膝盖。这些建筑比之前的那种更为精巧,其中有走廊、庭院，甚至高塔。许多孩子把所有的课余时间都用在为这些"房屋"寻找石块或制作泥砖上了。他们不会往这些建筑物里放上玩具小人或动物，也不会为建筑讲故事什么的。他们只是建筑它们，并显然乐在其中。到了六岁或者七岁时，有些孩子就不再建筑了，但也有一些继续和其他孩子们一起建筑。在感兴趣的成人指导下，孩子们会建造出相当复杂的"房屋"，但也不会大到人可以进去住的程度。孩子们从不在自己建好的房子里玩。

在村人开始收拾行李，准备迁移至新的聚集地或藤丛植物密集处的时候，孩子们就会（至少在表面上）一点都不伤心地丢下他们的建筑物跟着大人们走。一旦他们在新的地点安顿下来，马上就会再去建新的房子，最开始的材料往往是来自于拆解上一批人在这个定居点附近建造的房屋。最常有人定居的聚集点附近都有数以十计甚至百计的建筑物废墟，住在里面的通常只有沼泽地常见的"吉特科"和沙漠里像老鼠似的"希克奇"。

在达柯征服之前艾柯人居住的地区，人们没有发现类似的废墟。显然，他们的这种倾向在征服之前，或者大毁灭之前并不很强烈，或者根本不存在。

在青春期庆典后的两到三年后，那些仍然没有放弃建筑的年轻人将会踏上第一次石之旅的征程。

每年会有一次，人们从艾柯的领地出发，展开石之旅，一次旅程将持续两到三年时间，旅行者们才会回到他们出生的村庄待上五六年。一些艾柯人从未参加过石之旅，有些人参加过一次，也有些人一生中参加了几次甚至很多次。

石之旅的路线是先到东北大陆里奇姆的海岸，再折回梅蒂洛，梅蒂洛是位居内陆的戈壁高原，离南大陆最南方的藤丛植物密集处很远。

每年春天，艾柯旅者们或步行，或驾着藤筏，从他们各自的村庄聚集到赤道附近西海岸边的小港城该巴姆。在那里会有一支船队等着他们，其中的舰船都是用藤丛植物和帆布制成的帆船。水手和领航员都是定居于南大陆的达柯人，他们是专业的水手，大部分都是渔人，其中有一部分人在数十年间每年都会运送石之旅者。艾柯旅者们无法支付任何的旅费，只带着自己的口粮上船。船队到达里奇姆之后，达柯水手可以在那边捕鱼并将其腌制，那里有很富裕的水产，这将会让他们获利颇丰。但除了运送石之旅者的船队，没有人到这个地区来捕鱼。

海上的路途将耗费数周时间。向北的航行是非常危险的，如果出发的时间够早，满载石头的归途还能赶上天气理想的时间。常会有一些船在狂野的热带风暴中沉没，有时候甚至整个舰队都有去无回。

艾柯人一登上里奇姆那多石的海岸就会开始工作。在年长而有经验的旅者指导下，新手们建起圆顶帐篷，将贫乏的补给储存起来，拿起上一批旅者遗留下来的工具，爬上陡峭的绿色悬崖来到采石场。

里奇姆石是一种拥有细致纹理、光彩夺目、绿玉般的石材。它通常会嵌在其他石料之中。它可以被锯成石块，或劈成一片片的石板或小砖块，甚至削成薄至半透明的薄片。虽然相对较轻，但它毕竟是石头，一艘十米长的帆船是不能够装载太多的，所以石之旅者仔细地计算他们采掘出的石块数量。他们在里奇姆就为石材进行一些粗糙的切块，甚至还会进行细部的裁切，好让船队尽可能不浪费空间。他们工作得很快，因为他们想要在夏至前后的风平浪静时期启程回家。他们完成工作之后，就会在高地上竖起一面旗帜通知达柯船队，过不了几天，达柯人的船就一艘艘地回到岸边。他们将石块装上船，在石块上面压上一桶桶的腌鱼，启程南返。

船队将会在某一个达柯港口停留——这个港口通常是船员的船籍港——在那里卖掉他们的腌鱼。此后他们再度起航，沿海岸线航行数百公里后到达盖泽特。这是位于藤丛地区以南，炎热沼泽区的一个又长又浅的小港口。在那里，水手们帮助艾柯人把石材搬下船。在旅程的这一部分当中，船员们得不到任何报酬或利益。

我曾问过一个常常运送石之旅者的船长，为什么她和她的水手愿意把艾柯人送到盖泽特。她耸耸肩："这是协议的一部分。"显然她对于这个问题并没有多想过。在思考之后，她补充道："他们如果从陆路把石头搬运到那边，要经过大沼泽，太艰难了。"

达柯的船队踏上归程的同时，艾柯人就开始将石块装在板车上，这些板车是之前的石之旅者留在盖泽特的码头上的。

然后他们套上轭具，拖行板车，朝内陆走上五百公里，海拔的跨度达到三千米。

他们一天只能前进三到四公里。每天日落之前他们就扎下营地，四散开来搜索食物，诱捕希克奇，因为此时他们的口粮早就吃完了。为了找到更多的食物，他们不得不走上几条道路中最久没人走过的那一条。

在船上的时候，还有在里奇姆的时候，石之旅者们表现得严肃而紧张。他们不是水手，而采石的工作不仅艰难，更具有紧迫感。当然，拉车也不是轻松的活计，但旅者们却很开心，他们一边拉车一边交谈、开玩笑，分享食物，围着篝火聊天。一群有着共同远大目标的人都会这样。

他们讨论选择路径、修轮子的技术等等。但我和他们一起走的时候，从没有听过他们从更高的角度来讨论他们正在做的事情，或是他们旅程的目标。

所有的道路都必须要征服高原边上的峭壁。旅者们登上最后一道峭壁的时候，他们会停下来，凝视着东南方向。风尘仆仆的车队一个接一个地登上峭壁，在那里停下。拉车的人们站在那里，静静地凝视着那座"建筑"。

崩溃的生态系统缓慢地恢复着，在大崩溃的数百年后，艾柯人才有足够的食物与能量，而无须继续为生存的问题担忧，但这也并不是一种安定的生活。然而从那个时候起，他们就开始进行石之旅。

满怀敌意的整个世界在等待着他们：糟糕的大气质量；在充满毒素的大洋中，生命的循环还没能完全建立起来；陆地上满是骨骸、幽灵、废墟、死亡的森林，还有充满盐块、砂石、化学废料的沙漠。而面对这一切的只有这么少的艾柯人。居住在这样一个世界上的人怎么会想要执行这样一种任务呢？他们怎么会知道里奇姆有他们需要的石材呢？他们是如何知道里奇姆在哪里呢？是否在最初他们没有依靠达柯船队的帮助就到达过那里呢？石之旅的起源非常不可思议、难于理解，而它的目标则更加不可思议、难于理解。我们只知道，"建筑"的每一块石材都来自里奇姆，而艾柯人为了建筑它已经花费了超过三千年——也许四千年——的时间。

毫无疑问，"建筑"是巨大的。它占据了无数亩的土地，容纳着数以千计的房间、走廊和庭院。它一定是我们所知的所有世界中最大的人造物之一，也许它就是最大的那一个。然而，大小、数目、测量、比较、品质等，这些都是毫无意义的。事实是，以同时代的地球技术或者古代的达柯技术，都可以在十年之内建出比它大十倍的建筑。

"建筑"一直在扩大的规模可能正是这个事实的隐喻或者例证。

又或者，它的规模也许仅仅是漫长岁月的结果。建筑中最老旧的部分现在处于中心的位置，离外墙已经很远了。但这些部分，无论怎么看，都让人无法得出结论说当时着手建造的人是否把它视为是——或不是——一座巨大建筑的第一部分。它们与艾柯孩子们的"房屋"是一样的，只不过尺寸更大而已。

除了最古老的部分之外，"建筑"的其他部分都是逐年添加的，风格也是基本一致的。在建筑开端的数百年后，建筑师们开始在最初的建筑上增加新的楼层，但从不建造超过四层的楼房，唯一例外的是尖塔，它们最高达到六十米。"建筑"的绝大部分都只有五到六米高。而这建筑本身则不断地扩张，建筑师们为它建造新的厢房、侧翼、拱廊和庭院，它占据的地域已经如此广大，从远处看去就像是一座泛着银色光泽的绿玉山。

虽然"建筑"并不像孩子们建的那样矮小，但考虑到艾柯人的平均身高，这座建筑也不能说是全尺寸的。以艾柯族的平均身高来说，他们在那些房间里只能勉强站直身体，为了通过门扉更是必须低头弯腰。

"建筑"的任何一个部分都不会遭到人为损坏或年久失修的状况，不过，梅迪罗高原上的频繁地震还是会毁去部分的建筑物。受损的地区每年都会得到修补，或者被彻底拆除然后重建。

这是一件精美、谨慎、可靠而又精致的艺术品。所有的材料只采用里奇姆石，它们或者像木材一样榫接起来，或者精巧地堆砌在一起作为墙壁。室内的墙面像缎子一样光滑，作为对比，外墙保留着原有的粗糙。除了一些薄薄的凸纹和刻线，强调建筑的形状之外，没有其他的雕刻等装饰。

窗子是不加玻璃的石头格子或者将半透明的薄片石打洞装上。窗格的方形重复图案保持优雅的比例：在"建筑"的许多（虽然并非是所有）房间和门窗上，三比二的长宽比例一再出现。用来做门的材料也是薄石板，它们重心和转轴的设计精巧，用很小的力就能推动，开关都很平顺。室内没有家具。

空空荡荡的房间，空空荡荡的走廊，数英里的走廊，无尽的彼此相类的楼梯、坡道、庭院、露台、精巧的尖塔、无尽的屋顶、尖塔、圆顶的景象一直延伸到远方。巨大的带花边窗子，或是绿色的半透明窗子透进微光照亮高高的房间。走廊连接到其他的走廊、其他的房间、楼梯、坡道、庭院、走廊……难道这不是一个迷宫吗？毫无疑问，它是的，但这难道就是建筑它的目的吗？

难道它不美丽吗？是的，以某种特异的方式，它美丽得让人吃惊；但这难道就是建筑它的目的吗？

艾柯人是一种理性的生物。他们有自己的语言。这些问题的答案必须从他们那里得出。

最令人头疼的就是，他们有很多不同的答案，而这些答案没有一个能使他们自己或是其他任何人满意。

任何一种理性生物在做一种不可理喻的事情时，都会试图为这件事情找到一个理由，艾柯人的表现正是如此。打个比方，战争。我的族类有许多发动战争的好理由，但事实上没有一个理由好到足以发动战争的程度。我们最有理性也最科学的理由——例如说，我们是具有侵略性的物种——一个完美的循环论证：我们发动战争是因为我们发动战争。我们发动一场特定战争的理由（例如：我们的人民必须获得更多的土地和更多的财富，或者：我们的人民必须获得更强大的力量，或者：我们的人民必须遵从神谕摧毁那些该受天谴的异教徒）实际上都是同一个理由：我们必须发动战争，因为我们必须。我们没有选择。我们没有自由。这个结论不会使理性而热爱自由的思想得到满足。

同样地，艾柯人努力试图解释或合理化他们何以建筑那座"建筑"时，总是会说一些不怎么必要的必要性，提出一些互相解释的理由：我们去进行石之旅是因为我们一直都这么做。我们去里奇姆是因为最好的石材只有那里有。梅蒂洛上的"建筑"是因为那里地势好而且有足够的空间。"建筑"是一项伟大的事业我们的孩子可以有一个目标而我们的成年人可以在一起工作。石之旅让我们所有村庄的居民走到一起。我们从前只是一个可怜弱小又分散的种族，但现在"建筑"让我们发现我们拥有创造美好事物的能力。——所有这些理由都有道理，但却无法使人信服，无法使人满意。

也许这个问题该去问那些从没有参加过石之旅的艾柯人。他们从不对石之旅这种行动提出疑问。他们认为石之旅者是在进行一项勇敢、艰难、有价值的事业，也许这事业还是神圣的。那么为什么你本人从没有参加过呢？——嗯，我从没有感受到这种需求。那些去的人，他们必须去，因为他们受到了召唤。

那么达柯人又是怎么认为的呢？他们对于那座广大的建筑，也是当前世界上最伟大的事业和成就到底有何看法呢？很明显，他们对此几乎毫无看法。即使是运送石之旅者的水手也从没有一个人曾踏上过梅蒂洛的土地,亲眼看一下"建筑",他们只知道它在那里,它很大。西北大陆流传着关于南大陆"梅蒂洛高原上的宫殿"的谣言、寓言以及旅行者的道听途说。其中一些流言中提到,艾柯人的国王居住在那伟大的光辉之中;另一些说那是一座比山还高的高塔,无眼的妖怪在那里做巢;另一些则说那是一座迷宫,粗心的冒险者迷失在充满骸骨和幽灵的无尽走廊中;还有一些说当风吹过那座建筑时就像演奏巨大的风弦琴,那声音即使在数百英里外都清晰可闻等。对于达柯人来说,"建筑"是一个传说,就像他们自己的那些传说一样:伟大的祖先们在空中飞翔,喝干河流,把森林变成石头,建起比天还高的高塔等。都是童话而已。

偶尔也会有一个参加过石之旅的艾柯人愿意说出一些不同的看法。如果你去问关于那座建筑的事,有些人会回答:"那是为达柯人建的。"

确实,那座建筑的高度很像是为身材较矮的达柯人设计的,身材较为高大的艾柯人住在那里会很不方便。只要达柯人去过那里,他们就会发现,他们可以直立身体走过走廊和门口。

在卡塔斯,有一位参加过五次石之旅的老年妇女,她是第一个把这个答案告诉我的人。

"'建筑'是为达柯人建的?"我大吃一惊,"但为什么呢?"

"因为过去的岁月。"

"但他们从没去过那里!"

"它还没有完成。"她说。

"是一种惩罚吗?"我迷惑地问,"还是一种补偿?"

"他们需要它。"她说。

"达柯人需要它,而你们不需要?"

"是的。"老太太微笑着回答,"我们建筑它。我们不需要它。"

吉亚的飞人

吉亚人与我们位面的人很相似,只除了一点:他们没有毛发,取而代之的是羽毛。婴儿头上长着纤细的绒毛,到了儿童期,这些绒毛逐渐成为带暗褐色斑点的短羽毛,而在青春期时就长成了满头浓密的羽毛。大多数男人的后颈处都生有坚硬的翎羽,头上长满略短的普通羽毛,头顶正中则长着高耸的头冠。男性的头羽一般是黑色或棕色,还长有不同颜色的斑点,包括青铜色、红色、绿色和蓝色。女性的羽毛通常都会长得很长,有些人的头羽会一直拖到地板,头羽的末端柔软、卷曲、披散,就像鸵鸟的尾巴那样;女性头羽的颜色多种多样,包括紫色、红色、珊瑚色、绿松色、金色等。吉亚男人和女人的耻部和腋下都长有绒毛,全身则都有短小的体羽。拥有鲜亮羽毛的吉亚人赤裸着身体的时候非常漂亮,但他们经常遭遇虱子或幼虱的困扰。

对于吉亚人来说,换毛是一个持续的过程,不是季节性的。随着年龄的增长,脱落的羽毛有可能不会再长出来,四十岁以上的人，无论男女普遍都有斑秃的现象。因此，许多人在他们最美观的头羽脱落时，会把它们收集起来，留待需要的时候制成假发或假羽冠。头羽颜色难看的人也可以在一些特别的商店购买制作好的假发。将头羽漂淡、喷上金色染料或将它们烫卷都被视为时尚的行为。城市里的每一家假发店依照流行在出售各种头饰的同时，也都可以将顾客的头羽漂白、染色或烫卷等。拥有特别漂亮的长头羽的女性在遭遇穷困的时候，也会将自己的头羽以相当高的价格卖给这些商店。

吉亚人用羽毛笔书写。小孩开始学习写字的时候，他/她的父亲就会依照传统，将自己的翎羽作为笔送给孩子。恋人们互相交换羽毛，并用对方的羽毛书写给对方的情书。伊努伊努伊的著名戏剧《误解》中曾经提到过这个浪漫的风俗：

> 哦，背叛我的羽毛笔啊，写下了他的爱
> 但却是给她！他的爱——我的羽毛，我的鲜血！

吉亚人沉静、平和，行事符合传统，他们对创新不感兴趣，在陌生人面前会显得害羞。他们对于科技发明以及其他新鲜事物都具有抵御力；有人试图将圆珠笔或是飞机卖给他们，也有人尝试过将他们引入神奇的电子技术世界，但这些人全部都失败了。吉亚人仍然在用羽毛笔相互写信；用自己的头脑算数；出行时还是依靠步行，或者乘坐由一种样子像狗、叫作乌格努努的大型动物拉的车；只有在绝对必要的时候才学一点点外国话；观赏依照传统格律写成的古典舞台剧。虽然耳闻目睹了许多的先进科技成果、令人惊讶的小仪器、来自其他位面的先进科学知识——这是因为吉亚是一个受到旅行者青睐的位面——但所有这些都不能在吉亚人心底激起一丝一毫的嫉妒、贪婪或是自卑感。他们的行为方式仍然和从前一模一样：这并不能说是古板，但显然是一种迟钝，一种礼貌的漠不关心，任何人都不能得知他们的想法。在这样的外表之下，掩藏着的也许是一种超常的自满，但也可能是其他一些完全不同的东西。

当然，粗鄙的旅行者们为吉亚人起了一些难听的绰号，例如鸟人、羽毛头、鸡脑，等等。许多来自一些更为活跃的位面的游客会造访平静的小城，或乘坐乌格努努拉的车在原野中奔驰，或出席恬静而充满魅力的舞会（吉亚人很喜欢跳舞），或在剧院中度过一个古典式的夜晚，但这些不会让他们丢弃对于当地人的蔑视。总体来说，外地人对吉亚人的评价是"有羽毛但没有羽翼"。

这些自视甚高的旅行者也许会在吉亚度过整整一个星期，但他们不会看到任何一个有翼的本地人，也不会知道他们偶尔看到的、天空中的一个黑点并不是一只鸟儿或一架喷气机，而是一个正在飞翔的女人。

除非外人提出相应的问题，否则吉亚人不会谈及他们那些有翼的同胞。他们不会故意掩藏关于飞人的信息，但他们也同样不会主动提供信息。为了写出以下的描述，我不得不询问了许多问题。

在青春期末期到来之前，翅膀是不会发育的，甚至没有能够说明翅膀是否会发育的迹象。直到十八岁女孩或十九岁男孩醒来时开始发低烧，伴随着肩胛骨处的疼痛。

在此之后是持续整整一年，或者更久的剧烈疼痛，这期间，新生的飞人必须保持身体温暖，拥有充足的食物，远离任何噪音。除了食物，没有任何东西可以让他们舒适起来——新生的飞人大部分时间都非常饥饿。他们必须盖上厚厚的被子或毯子，等待自己的身体按照新的结构成长起来。他们的骨骼变得轻巧多孔，整个上身的肌肉结构全部发生了变化。从肩胛骨处迅速长出的巨大骨瘤变成了宽大的双翼。最后一个阶段，翅膀上会长出羽毛，这时候就不会再有疼痛了。主要的飞羽非常巨大，甚至可以达到一米长。一个男性飞人的翼展大约在四米左右，女性飞人则约为三点五米。同时，小腿后面和脚跟处也会长出坚硬的羽毛，在飞翔中，这些羽毛可以帮助控制方向。

任何意图干预或阻止翅膀长出的行动都不会有用处，而且会对人体有害，甚至可以致人死命。如果翅膀生长的过程受到了妨碍，那些骨骼和肌肉就会扭曲、枯萎，造成难以忍受并且无法减轻的疼痛。在任何时候切除翅膀或飞羽都会引起缓慢而痛苦的死亡。

对于最为保守的吉亚人，包括冰雪连天的北极海岸部落社会，以及南方严寒贫瘠大草原的游牧民族，有翼人的这种弱点被与宗教行为联系在了一起。在北方，一旦一位年轻人显现了这种致命的迹象，他／她将会立刻被捆起来送到部落的长老那里。长老们会为新生的飞人举行类似葬礼的仪式，然后在受害者的手脚上绑上巨石，走到海岸边的悬崖旁边，然后将他/她推下去，不停地喊叫着："飞吧！飞给我们看看吧！"

而在南方大草原那里，他们允许这个年轻人的翅膀完全长好。新生的飞人会得到良好的照顾，在整整一年中都被当成神一样来崇拜。假设显现出这种致命症状的是一个女孩。在她发烧、说胡话的过程中，她被当作一位萨满或是预言者。祭司们将她所说的话按照他们的理解翻译过来，并传达到整个部族当中。一旦她的翅膀完全长成，人们会立刻将她绑起来。然后，整个部族就会带着她走向最近的一处悬崖或是深谷上方——在那个平坦荒凉的地方，这趟旅程往往要花费数周的时间。

到达高处之后，他们会连续跳上几天的舞，并吸入用彪彪木的枝叶熏出的致幻烟雾。那个女孩和所有的祭司都进入了迷幻状态，他们唱着歌，跳着舞，一直走向悬崖的边缘。在那里，人们会解开她双翼之上的束缚。她第一次举起她的翅膀，就像一只雏鹰初次离巢那样，从悬崖上跳到空中，狂野地挥舞着那巨大但却未经过锻炼的双翼。不管她是否真的飞了起来，部族中的男人都会兴奋地尖叫着，用弓箭射向她，或用狩猎的尖矛投向她。她被数十支长矛和弓箭刺穿，从空中坠落下去。女人们在悬崖上尖叫着，如果那个女孩落到悬崖下面但还没有死去的话，她们就会用石头把她砸死。然后，他们扔下大量的石头，将尸体埋在高耸的石冢下面。

在南部的高原上，每一处悬崖的下面都有很多这样的石冢。

古老石冢中的石头又被取出来，建成新的石冢。

这种年轻人也许会尝试逃离他们的宿命，但因为正在发育的翅膀带来的发烧和虚弱，他们很难逃得很远。

在南方的默姆部族中有这样一个传说，有一位有翼的男子，他从牺牲的悬崖跳到空中，并且飞了起来。他飞得如此之高，没有任何弓箭或者长矛能够射中他。他就这样消失在天空中。原本的故事就到此为止了。一位名叫诺维尔的剧作家用这个故事为蓝本写作了一出爱情悲剧。在这出名叫《侵越》的戏剧中，这个年轻的飞人与他的爱人约定在某处密会，并飞到约定的地点去见她；但她在无意之中将这个秘密泄露给另一个追求者，这个第三者就在密会之处静静地潜伏着。当这对恋人拥抱在一起的时候，他掷出长矛杀死了飞人。少女拔出她的匕首，杀掉了那个杀人犯，然后，在与垂死的飞人互道永别之后，她将匕首刺入了自己的胸膛。情节似乎很俗气，但如果表演得好，还是非常感人的。当男主角第一次像雕一样降落的时候，以及垂死的他用巨大的青铜色翅膀抱住他的爱人时，每位观众的眼中都有泪光在闪动。

几年之前，在我的位面上，芝加哥的一座剧院当中，上演了《侵越》这出戏的一个版本。非常不幸的是，它的名字被改成了《天使之牺牲》，虽然这种事情也许是不可避免的。在吉亚，绝对不会有类似我们这里关于天使的传说。对于吉亚人来说，胖乎乎的可爱小天使、盘旋的守护之灵，或者威严的神使，这些形象是一种恶劣的嘲弄，嘲弄每一位父母和每一个青春期的孩子都会不由自主地感到害怕的事情：这是一种罕见但却恐怖的畸形，一种诅咒，一种死刑判决。

在已经城市化的吉亚人当中，这种恐惧在一定程度上是降低了。有翼人不再被当成牺牲的祭品，人们容忍他们，甚至同情他们，就仿佛他们是一些非常不幸的残疾人。

我们也许会觉得这种情况非常古怪。在被束缚于大地上的人们头上飞翔，与苍鹭和神鹰竞赛，在天空中舞蹈，御风而行，却又不必待在一个嘈杂的金属容器当中，也不用借助任何以塑料、纤维和皮革制成的玩意儿，而是用巨大、强壮、优雅的，属于自己的双翼飞翔——这难道不是一种伟大的欢乐和自由吗？如果说吉亚人认为能飞的人是残疾，他们该是多么的乏味、沉闷以及悲观啊！

但他们确实有他们的理由。事实是，有翼的吉亚人不能够信任他们的翅膀。

翅膀的结构没有任何明显的问题。只要略加练习，任何一个有翼人都可以完美地短途飞行，毫不费力地滑翔，或者直冲云霄。再经过一定的练习后，他们还可以翻筋斗，做出许多特技动作。有翼人完全成年后，如果他们有规律地飞行，耐力会变得很强。他们几乎可以在空中一直待着。许多有翼人都学会了一边飞行一边睡觉。有记录表明，曾有人连续飞行了两千英里以上，途中只是短暂地盘旋在空中进食。这些长途飞行记录大多数都是由女性创造的，因为她们的身体和骨架更轻，所以在长途飞行中更有优势。而男性的肌肉则更为有力，如果有速度飞行奖项的话，那优胜者一定非他们莫属。但是占据大多数的，没有翅膀的吉亚人对纪录、奖项等根本不感兴趣，因为这种比赛具有非常高的死亡风险。

问题在于，飞人的翅膀有突然完全失去作用的倾向。吉亚以及其他位面上的所有飞行器工程师和医学研究员都无法找到这种失灵的原因。翅膀本身没有任何问题，它们失灵一定是由于某种尚未发现的身体或精神原因，一种翅膀与身体其他部分的不兼容现象。不幸的是，翅膀失灵前不会有任何征兆，因而没有办法可以预言翅膀是否会失灵。一个自从成年之后每天飞行的飞人某天早上毫无问题地起飞，到达一定的高度之后，突然之间，发现他的翅膀不再听从他的命令——它们在他的身体两侧颤抖、收起、胡乱拍打、完全不能动了。于是，他便像一块石头一样从空中栽了下来。

医学论文指出，飞人每飞行二十次就有一次会发生翅膀失灵现象。但是与我交谈过的飞人普遍认为这个概率远远没有这么高，并且指出有些人每天飞行已经有数十年之久。但他们并不愿意跟我谈这个问题，或者说他们不愿意跟任何人谈这个问题。他们似乎也并不迷信什么预防翅膀失灵的方法，只是将它作为一种完全的随机现象来看待。翅膀失灵可能在第一次飞行时发生，也可能在第一千次飞行时发生。至今还没有找到任何原因——遗传、年龄、经验、疲劳、饮食、情绪、身体状况，这些情况都不能成为翅膀失灵的原因。一个飞人每一次飞翔时，翅膀发生失灵状况的可能性是完全一样的。

有些人会在从空中坠落之后幸免于难。他们不会再次坠落了,因为他们再也不能飞了。一旦翅膀失灵,此后它们就没有任何用处了。它们就像巨大、厚重的羽毛披风一样,拖在它们主人的身后,一动都不能动。

外人也许会问,为什么飞人不携带降落伞以避免因翅膀失灵而丧生。毫无疑问,他们确实可以这样做。这是一个关于性情的问题。选择去飞翔的有翼人愿意承担翅膀失灵的风险。那些不愿冒险的人不会选择去飞翔。或者可以说,那些认为翅膀失灵是一种风险的人不会去飞翔,而去飞翔的人不认为它是风险。

切除翅膀就会不可避免地造成飞人的死亡,切除翅膀的任何一部分也会造成难以忍受、无法治愈的痛苦,因此那些从空中坠落的飞人和选择不去飞翔的有翼人必须毕生都拖着他们的翅膀,无论他们是上街还是上下楼梯。他们变化后的骨骼结构不适合在地面上生活。他们步行时很快就会疲倦,而且很容易遭受骨折和肌肉伤。不飞的有翼人一般都活不到六十岁。

选择去飞翔的人每次起飞都面对着死亡的风险。然而,还是有些人活到了八十岁,并且仍然一直在飞。

飞人起飞时的形象是一个很不错的景观。看过鹈鹕和天鹅等鸟类时猛拍翅膀的不优雅模样,我本来以为人类飞行的样子也会很笨拙。当然,从高处起飞是最容易的,但如果没有这样的便利条件,他们也只需要助跑二十到二十五米,同时上下挥动翅膀,踏出最后一步的同时,配合翅膀向下拍的反作用力,人就飞了起来,然后直冲上天——也许还会盘旋回来,向下面仰着头目送他的人微笑、挥手道别,在这之后才会飞越屋檐上面,飞入远处的群山当中。

他们飞翔的时候,双腿并拢,身体略微向后倾斜,小腿后面和脚跟上的羽毛就像老鹰的尾巴一样以利飞行。他们的手臂与翅膀的肌肉没有直接的联系——有翼的吉亚人是一种六肢生物——所以他们的手可以放在体侧以减小空气阻力,增加速度。在时间不太紧张的飞行当中,他们的双手可以做任何事情——挠头、削水果、绘制鸟瞰图、抱婴儿。抱婴儿的情况我只见过一次,而且我被吓坏了。

我同一个名叫阿狄亚狄亚的有翼吉亚人谈过几次。以下就是经他允许记下的,我们的谈话记录。

哦,是的,当我第一次发现——那件事刚刚发生在我身上的时候,你知道——我惊呆了。太可怕了!我完全无法相信。我曾经很确定那件事不会发生在我身上。你知道,我们小的时候,经常会开玩笑说谁谁谁会"长翅膀",或者说,"他有一天会起飞的"。但是,我?我长出翅膀?那是绝对不会发生的。所以当我开始头痛、牙痛、背痛的时候,我一直在告诉自己,这是传染病、龋齿、囊肿……但等到一切真正开始的时候,连欺骗自己也做不到了。那真的很可怕。我真的不太记得那时候的事。感觉很糟糕。很疼。最初就像是有一些刀子,在我的后背上面划过来划过去,还有一只爪子在不停地抓我的脊柱。然后疼痛扩散到全身,手臂，腿，手指，脸……我虚弱得根本站不起来。我从床上滚了下来，摔在地板上，就再也站不起来了。我躺在那里叫我母亲，"妈妈！妈妈，快来啊！"她睡着了。她在一家餐厅做服务员，每天工作到很晚，直到午夜之后才能回家，所以她睡得很熟。我能感觉到身下的地板都变热了，我发着高烧，我试着把脸贴到地板上降温……

嗯，我不知道是疼痛真的减轻了，还是我已经习惯了，总之，两个月之后，我的感觉好了一点。尽管如此，还是很难受。感觉时间过得很慢，很沉闷，很奇怪。一直躺在那里。但不能仰躺。永远都不能仰躺了，你知道。晚上很难入睡。要是你有个头疼脑热，也总是在夜里疼得最厉害。总是发着低烧，脑子里有很多奇怪、可笑的想法。但是总也没办法仔细考虑一个想法，甚至没法抓住一个念头。我觉得我可能以后都不能思考了。各种想法好像都只是路过我这里，我只能无助地看着它们。也没有关于未来的计划了，我的未来在哪里呢？我曾经想要成为一名教师。我母亲很高兴我有这样的想法，她鼓励我继续在学校里学习，然后考取师范学院……嗯。我们的公寓只有三间房间，在雷丝梅克巷的一家杂货店楼上。我躺在我的小房间里度过了我的十九岁生日。我母亲从她工作的餐厅为我带回了一些好吃的食物，还有一瓶蜜酒，我们打算庆祝一下，但我不能喝酒，她也哭得吃不下东西。但我吃掉了所有的食物，我总是很饿。我母亲看到我的吃相，也高兴得笑起来了……可怜的妈妈!

嗯,就是这样,我逐渐好了起来,翅膀刚长出来时只是又大、又丑而且没有毛的讨厌东西,等到开始长羽毛的时候就更糟糕,那些新生的羽毛就像是巨大的丘疹。不过,在主要飞羽和次要飞羽都长出来之后,我开始感觉到那里生出了肌肉,也可以活动我的翅膀,将它们略微举起来一点——而且我也不再发烧了,或者我的正常体温变得比之前高了一点,我不太清楚究竟是怎么回事——我也可以起床,在房间里走一走,而且我感觉到身体都变轻了,就好像引力对我不起作用,虽然又大又重的翅膀还在我身后拖着……但我可以把它们抬起来,不让它们拖到地板……

但我还不能飞。我还是被束缚在地面上。我的身体是变轻了,但我试着走路的时候更容易累,很快就疲倦得发抖。我以前跳远很厉害,但我现在连双脚同时离地都做不到。

我现在身体感觉好多了,但是这么虚弱的身体让我很烦恼,而且我感觉被困住了。就像是落入了陷阱。这时候,一个住在郊区的男性飞人听说了我的事,就来看我了。飞人们都会照顾处于变化过程中的孩子。在此之前,他已经来过了两次,安慰我妈妈,也确认了我的情况没有问题。我很感激他。这一次,他和我谈了很久,教给我一些我能做的锻炼方式。在那之后我几乎每时每刻都在锻炼。除此之外我还能做什么呢?我曾经很喜欢读书,但现在阅读无法吸引我的注意力了。我也很喜欢去剧院,但我现在不能那么做，我还不够强壮。而且像剧院那样的地方，除非你把翅膀束起来，否则是不可以进去的，那里没有那么大的空间。你会占太大地方，你会把一切都搞成一团糟。我上学的时候数学很好，但我现在没法把注意力集中在那些问题上。它们似乎都没有意义了。所以我只能按照那个飞人教给我的方法锻炼。我一直都在锻炼。

锻炼确实有效。在我们的起居室里没有足够的空间，所以我没办法做完整的垂直伸展，但我尽可能做了我能做的练习。我感觉好多了，也变得更强壮了。终于，我感觉到翅膀真的成了我的一部分。或者说我是它们的一部分。

然后，有一天，我终于无法忍受继续待在家里了。我已经整整十三个月都没出去过了，就待在这三个小房间里，而这之中大部分的时间都只是待在其中一个小房间里，整整十三个月！妈妈出去工作了。我走下楼梯。最初的十级台阶我是走下去的，然后，我举起了翅膀。虽然楼梯对于我的翅膀来说是太窄了点，但我还是能够略微举起它们，最后六级台阶我是飘下去的。嗯，算是吧。我重重地落到了楼梯下面，两个膝盖都很疼，但我不是摔下去的。那不能算是飞，不过也不能算是摔倒。

我来到外面。空气非常好。感觉就好像我一年都没呼吸过空气了。事实上，我感觉在此之前我压根儿就不知道空气这回事。即使是在那条窄小的街道上，屋子遮挡住了大部分的天空，但至少还有风，还能看到天空，而不是天花板。头上的蓝天。美妙的空气。我开始步行。我没有任何计划。我只是想走出小巷,到某个开阔的地方去,一个广场或是公园,一个能够看到开阔天空的地方。我看到人们在盯着我,但我并不介意。在我没长出翅膀的时候,我也曾经这样盯着有翅膀的人。这并没有什么别的意思,只是好奇。翅膀并不是那么常见的。我也曾想象过拥有翅膀是怎样的一种感觉,你知道。这只是无知的表现罢了。所以我不介意人们现在这样看着我。我只是非常急切地想从这些屋檐下面离开。我的腿很虚弱,还在颤抖,但我还是继续走着。当街道上的人群不是那么密集的时候,我会将我的翅膀略微举起来,让翅膀下面的羽毛感受一下风吹过的感觉,这样我的脚步也会轻一点。

就这样,我来到了水果市场。天色已晚,市场上的水果贩子都收摊了,所以在中间的鹅卵石路上有很大的空间。我站在化验所那里做了一会儿身体练习,伸展、举起翅膀——这是我第一次能够完整地做出垂直伸展的动作,感觉非常棒。然后我试着在展开翅膀的同时小跑起来,我的双脚在那一瞬间离开了地面,我不能抵抗这诱惑,我不能控制自己,我开始跑,上下挥舞着翅膀,我飞了起来!但面前就是度量衡大楼灰色的外墙,我不得不用我的手推了那座墙一把,又重新掉在了人行道上。但是我转过身,面前是整整一条街道,延伸到市场对面的化验所。我跑了起来,然后我起飞了。

我在市场附近飞了一圈，没有飞得很高，只是练习如何转弯，如何使用尾羽。一切都来得很自然，你能感觉到该如何去做，空气会告诉你……但是下面的人都在抬头看着我，在我倾斜得太厉害或者忽然停顿的时候都连忙闪身躲避……我不在乎。我飞了一个多小时，直到天完全黑了，所有的人也都走了。我那时候已经飞得高出房顶很多了，翅膀肌肉开始感到疲劳，最好回到地上。很不容易。我的意思是说，降落得很猛，因为我不知道怎么降落。我像一块石头一样掉了下来，啪！差点扭伤了脚踝，脚跟火烧火燎地疼。如果有人看到这一幕的话他一定会哈哈大笑。但我不在乎。只是，在地上行走太难了。我不想要走在地上。我一瘸一拐地走回了家，拖着沉重而虚弱的翅膀，它们在地上完全没有用处。

我花了好长时间才走回家里，妈妈在我回到家之后不久也回来了。她看着我，说："你出去了。"我说："妈妈，我飞了。"她突然哭了起来。

我为她感到难过，但我不知道该说些什么来安慰她。

她甚至都没有问我会不会继续飞。她知道我会的。我一点都不理解那些有翅膀却不使用它们的人。我猜他们可能对事业更感兴趣。也许他们已经爱上了一个不能飞的人。但这似乎……我不知道。我真的不能理解。**想要**待在地面上。**选择**不去飞翔。没有翅膀的人没有选择，待在地面上不是他们的错。但如果你有翅膀……

当然，他们也可能是害怕翅膀失灵。如果你不飞，翅膀就不会失灵。怎么会呢？一个从来就没有用的东西怎么可能会失灵呢？

我猜对于某些人来说，安全是最重要的。他们有家庭、责任、工作或是其他什么。我不知道。你必须去问那样的人才能知道答案。而我，是一个飞人。

我向阿狄亚狄亚询问他是如何谋生的。和许多飞人一样，他有一份为邮政部门送信的兼职工作。他经常携带政府的公文进行长途飞行，有时甚至会远抵海外。他显然被视为一个有天赋并且值得信赖的员工。他告诉我，对于特别重要的公文，一般会有两个飞人携带同样的信件一起出发，以防止其中一个发生翅膀失灵的状况。

他已经三十二岁了。我询问他是否已经结婚，他告诉我，飞人都是不结婚的。他们认为结婚是"在他们之下"的事情，按照他的说法。"我们有飞行中的风流韵事，"他微笑着说。我询问他，这种"风流韵事"是否只在飞人之间发生，他说，"哦，是的，当然。"他的语气和措辞无意中显示，他对于飞人与不能飞的人之间的感情感到惊奇或是厌恶。他是个有礼貌的小伙子，待人非常亲切，但他不太能够掩盖他的真实想法，那就是：他与没有翅膀的人是不同的，因此也与他们没有任何关系。他怎能不看低我们这些只能待在地面上的人呢？

我抓住他的这种优越感继续追问，而他则试图解释，"我刚才说我好像是我的翅膀的一部分,你知道吗?——那是真的。我能飞,这使得其他事情都显得不再重要了。人们做些什么,对我而言微不足道。飞翔就是全部。这已经足够了。我不知道你是否能明白我的意思。一个人的整个身体,整个自我都飞翔在整个天空之中。晴朗的天气里,在你的头上只有阳光,而所有其他东西都在你下面很远很远的地方……或者在高空的风暴中——我是说,在大海上,我最喜欢在暴风肆虐的大海上飞翔。渔船都躲避到岸边去避风,你就拥有了整个大海,天空中满是雨水和闪电,而乌云却在你的翅膀下面。离开埃默岬之后,我就可以与空中的龙卷风跳舞……飞翔取走了你的一切。你的整个自我,你拥有的所有东西。而且,如果你坠落下去,你就整个坠落下去了。而且,在海上,如果你坠落下去了,一切就结束了,谁会知道呢?谁又会在意呢?我不想要被埋葬在地下。"这个念头使得他一阵颤抖。我能看到他翅膀上又长又沉重的青铜色与黑色相间羽毛都在战栗。

　　我问他,飞行中的风流韵事是否会生出小孩,他漠然地回答说,当然会。我又继续追问下去,他说,小孩对于身为飞人的母亲而言是个巨大的负担,所以一旦孩子断奶,他/她就会被交给其他亲属来抚养,按照他的话说,"留在地上"。有些时候,飞人母亲太喜欢这个孩子了,以至于自己也放弃了飞行,专心照顾孩子。他提起此事的时候显然表现出了一些轻蔑。

　　飞人的孩子长出翅膀的可能性并不比其他小孩更高。这个现象中并没有遗传因素,而是一种进行性疾病的病理表现,所有的吉亚人都有小于千分之一的可能出现这种情况。"

我想，阿狄亚狄亚恐怕不会接受**疾病**这个词。

我也和一个选择不去飞行的有翼吉亚人谈过，他同样允许我记下我们的谈话，但他请求我不要提及他的姓名。他居住在吉亚中央省一座小城市里，是当地一间非常有名的法律公司中的一名顾问。

他说："没有，我从来没飞过。我生病的时候已经二十岁了。我还以为我已经过了年龄，安全了。真是个重大的打击。我的父母花了很多钱，做出了许多牺牲才把我送进了法学院。我在大学里表现很好。我喜欢学习。我有很强的领悟力。失去整整一年时间已经够糟糕了。我不会允许这种事吞掉我的整个人生。对我来说，翅膀不过是个巨大的增生物。它们让你不能正常地走路、跳舞，不能以端庄的姿态坐在一张普通的椅子上，也不能穿体面的衣服。我不会让这样的事情阻挡我的求学之路，更不会让它影响我的人生。飞人都是些蠢家伙，他们的脑子都被羽毛给吸收了。我不会用我的智力来交换一种整天在屋顶上飞来飞去的生活。我对于屋顶下面发生的事情更感兴趣。我想要结婚，想要生小孩。我父亲是个很慈祥的人，他在我十六岁时去世了。我经常想，如果我能像他对待我们那样对待我自己的小孩，那将会是一种很好的纪念他并且感恩的方式……我很幸运，遇到了一位不介意我身体不便的漂亮女人。事实上她不允许我这样说。她坚持说这个——"他轻轻偏了偏头，示意着自己的翅膀，"——才是她对我的第一印象。她说，我们第一次见面的时候,她觉得我是个相当乏味的家伙,直到我转过身。"

他的头羽是黑色,头冠则是蓝色。而他的翅膀,虽然和所有不飞的有翼人一样被束缚着,平铺在他的身后,好让它们不再挡路,并尽可能地不让他人注意到它们,但那上面的羽毛却是暗蓝色和孔雀蓝色相间,还有黑色的花纹作为装饰,看起来非常美丽。

"不管怎么说,我决心脚踏实地,你尽可以从两个方面来理解这句话。如果说我曾经有过那些不切实际的、孩子气的幻想,想要飞起来一小会儿——事实上我从来没有过,在经历了高烧、谵语,终于度过了整个痛苦的浪费时间的过程之后就再没有过了——如果我曾经有过想飞的念头,在我结婚、有了小孩之后,就再没有任何事情可以引诱我去尝试那种生活,我甚至根本不会去考虑那种事。那是完全的不负责任,那种傲慢自大的态度——我非常讨厌飞人那种傲慢自大的态度。"

后来,我们谈了谈他的法律实践事业,他的事业是非常成功的,他将毕生的精力都用于帮助穷人摆脱奸商和骗子。他给我看了他两个孩子的全身像,他们都很漂亮,一个十一岁,一个九岁,他刚刚将自己的翎羽做成羽毛笔送给九岁的那个孩子。这两个孩子长出翅膀的概率跟所有的吉亚人一样,都是一千分之一。

在我离开之前不久,我问他:"你梦想过飞翔吗?"

颇具律师风度的他在开口回答之前停顿了很久。他转开目光,看向窗外。"我们谁没有过呢?"他说。

不朽者之岛

有些人问我是否听说过因迪位面上的不朽者，而另一些人则告诉我那里确实有不朽者，所以当我到达那里的时候，我就开始询问关于他们的事情。旅行社的业务员相当不情愿地在她的地图上为我指出了一个标着"不朽者之岛"的地方。"你不会想要去那儿的，"她说。

"我不会？"

"嗯，那儿很危险。"她看着我的样子说明她不觉得我是那种"明知山有虎，偏向虎山行"的人，事实上，我也的确不是。她是个相当粗鲁的当地业务员，并不是位面管理局的正式雇员。并没有太多人来到因迪，从许多角度来说它与我们的位面都别无二致，没什么必要特别来一趟。当然，区别也是有的，不过它们都相当微妙。

"为什么这个地方叫作不朽者之岛？"

"因为那里有一些人是不朽的。"

"他们不会死？"我对于翻译器的准确性一直有所怀疑，所以我又问了一遍。

"他们不会死,"她漠不关心地说,"你瞧,普林乔群岛是个安静地度过两周假日的好地方。"她的铅笔在地图上划过因迪大海。但我的目光仍旧凝视着那个巨大而孤单的不朽者之岛。我指着它。

"那里——有宾馆吗?"

"那里没有为旅行者服务的机构。只有寻找钻石的人住的小木屋。"

"那里有钻石矿?"

"可能吧。"她不再试图掩饰对我的轻蔑之情了。

"那里究竟有什么危险呢?"

"苍蝇。"

"苍蝇叮人吗?它们携带着传染病吗?"

"不。"她现在完全就是怒气冲冲了。

"我想去那里待几天,"我尽可能摆出最迷人的姿态,"只是想看看我是不是够勇敢。如果我害怕的话我马上就会回来的。给我订一个回程可以更改的机位。"

"没有机场。"

"啊,"我极力显得比刚才更为迷人,"那我怎样才能到那里呢?"

"坐船,"她无动于衷,"每周一班。"

没有什么比不良的态度更能激起不良的态度了。"很好!"我说。

当我离开旅行社的时候，我想，至少那里肯定跟拉普塔岛不一样。我小时候读过《格列佛游记》，一个标着"略有删节"但实际上很可能是删去了大段内容的版本。我对于它的记忆和所有儿时的记忆一样，鲜活生动但却破碎不堪——一些非常明朗的细节漂浮在广阔的遗忘之海上面。我记得拉普塔岛浮在空中，所以你必须乘坐飞船才能到达那里。我几乎想不起其他细节了，只记得拉普塔人是不会死的，而且在格列佛的四篇游记当中我最讨厌这一篇，我认为那是**写给成年人看的**，在当时那对我来说是相当恶劣的。莫非拉普塔人是有什么雀斑或黑痣，或其他类似的东西，使得他们如此卓尔不群？他们是学者吗？但是他们越来越老，就像失禁的白痴一样活下去——或者这些都是我的想象？这里面有些相当肮脏的东西，一些给成年人看的东西。

但我现在是在因迪，我没法在这里的图书馆查阅斯威夫特的大作。不过，考虑到我还要等一天才能搭上班轮，我来到图书馆查询关于不朽者之岛的资料。

昂德昂德中央图书馆是一座庄严华贵的古老建筑，不过在其中充斥着现代化的便利设施，也包括阅读器的接口。我请求一位图书馆员帮助我，他为我拿来了一本珀斯特万的《探险记》，此书是在大约一百六十年以前写成的，我从其中抄录了如下的内容。在珀斯特万写作这本书的时候，我现在所在的港城安·瑞亚还尚未建立；从东方来的大批移民潮也尚未开始，海岸边还只有一些由牧羊人和农民建立的松散的部落。虽然珀斯特万研究这些部落传说的态度有点居高临下,但也抱持着一种琢磨的兴趣。。

"在西部海岸的民间传说之中,"他写道,"有这样一个传说,从昂德昂德湾向西航行两到三天时间,可以到达一个巨大的岛屿,那里生活着**永远不会死的人**。我询问过的所有人都对这个不朽者之岛的传说知之甚详,甚至还有些人告诉我,他们的部落当中还有人曾经亲身到过那里。这个传说在所有的部落中都非常一致,这令我十分惊奇,所以我决定亲自去检验它的真实性。等到范孔终于把我的船修好了之后,我立刻从昂德昂德湾扬帆出发,一直驶入西方的因迪大海。一股顺风让航程变得非常顺利。

"在第五天的中午时分,我看到地平线上出现了一座岛屿。从远处看去,它南北方向的长度最少也有五十英里。

"在我最初接近的那个地区,岸边全都是咸水沼泽地,又正赶上退潮,天气非常闷热,泥浆散发出腐臭的气味,让人无法接近。沿着海岸航行了许久之后,我终于看到了沙滩,于是我将船驶进一个浅水湾当中,很快就看到了建立在一条小溪的入海口处的小镇。我们将船绑在粗劣、老旧的码头上,怀着难以形容的兴奋之情——至少我是这样的——将双脚踏上了这座岛屿,准备探寻**永生**的秘密。"

我想我应该将珀斯特万的文字缩写一下。他这个人非常啰唆,另一方面,他总是在嘲讽那个名叫范孔的人,而这个范孔替他做了大部分的工作,并且显然没有任何所谓的"难以形容的兴奋之情"。接下来他和范孔两人在小镇里转悠了半天,发现这里除了非常贫穷,并且有大群的可怕苍蝇之外,实在没什么特殊之处。所有的当地人都披着薄纱,把自己从头到脚都遮起来,而所有的门窗上都设有纱窗。珀斯特万猜测这些苍蝇咬人肯定很厉害,但事实却并非如此;他说,这些苍蝇很惹人讨厌,但它们就算咬了人,被咬的人也没什么感觉,不会肿也不会痒。他询问岛民这些苍蝇是否携带着传染病,岛民们一致宣称,根本没有什么传染病,还说只有从大陆来的人才会生病。

这个时候,珀斯特万自然会兴奋非常,于是他继续询问他们会不会死。"当然。"他们回答。

他没有提及除此之外他们还说了些什么,不过不难推测,岛民们将他当成了又一个从大陆来问些愚蠢问题的白痴。他变得暴躁起来,痛骂岛民的落后、粗鲁,以及难吃的食物。在一间茅屋中度过了一个远远称不上舒适的夜晚之后,第二天早上,他向岛屿的内部探索了几英里,是走着去的,因为岛上没有其他的交通方式。在沼泽附近的一个小村庄里,他发现了一个他所谓的"铁证","这证明了岛民说他们不会生病完全是夸大的不实之词,或者他们是有什么更为阴险的计划:我从没见过比这更严重的尤德莱巴病人,就算在罗拓阁的荒野也不例外。这个可怜的受害者的性别已经无法辨认了,双腿只剩下很短的残肢,整个身体就像被火烧融了一样,只有灰白的长发还非常浓密,污秽地纠结在一起——就像是整个可怕画面上的恐怖王冠。"

我查询了"尤德莱巴"这个词。这是一种可怕的疾病,因迪人害怕尤德莱巴病，就好像我们害怕麻风病，但尤德莱巴病则更为危险，只要接触到病人的唾液或者任何分泌物，马上就会造成感染。没有疫苗，更没有治愈方法。珀斯特万看到村里的孩子们在离病人很近的地方玩耍，完全被吓呆了。他显然是向村中的一位妇女讲了一通卫生的重要性，而后者将这当成了一种攻击，反过来教训了他一顿，告诉他不要这样盯着别人看。她抱起那个可怜的尤德莱巴病人，"就好像那是个五岁的孩子"——这是珀斯特万的原话——把它抱到茅屋里面去了。她出来的时候手里拿着一个碗，碗里不知道装着些什么东西，嘴里还大声念叨着什么。在这个时候，范孔（我很同情他）提出该离开这里了。"我不得不接受我同伴在这种毫无道理的惧怕之下提出的建议。"珀斯特万写道。他们当天晚上就乘船离开了。

　　我得说这个文件并没有增强我访问该岛的热情。我试图搜索一些当代的信息。之前帮助过我的那位图书馆员已经睡着了，因迪人总是显得无精打采。我不知道该怎么使用主题分类系统，这个系统或许并不像我们所使用的电子分类系统那样有效，或者这座图书馆里并没有太多关于不朽者之岛的信息。我只找到了一篇名叫《爱雅的钻石》的论文——爱雅是不朽者之岛的一个别称。对于我的翻译器而言，这篇文章太专业了，有很多地方都无法翻译，只好留下空白。因此我无法理解太多的信息，我只知道并没有什么钻石矿，钻石并不是深埋于地下，而是就在地面上——我想，在我的位面上一个南非的沙漠也是这样的。

爱雅岛上面遍布森林和沼泽，所以到了雨季，那里的钻石会被大雨或者泥石流冲出来。人们前往那里并四处搜寻钻石。经常可以发现大型的钻石，所以总是会有人去寻找它们。岛民们并不会参与搜找钻石的行动。事实上，有些寻宝者宣称，如果当地人找到钻石的话，他们会把它重新埋起来。如果我对那些术语的理解准确的话，那么可以说，爱雅岛上的钻石以我们的标准来看，可以说是非常巨大的：人们以"一团"来形容，通常都是黑色或深色，有的是透明的，最大的重达五磅。文章中没有提到如何切割这些钻石，也没有说明它们有什么用处，更没有介绍它们的市场价格。因迪人对于钻石的评价显然并没有我们那么高。整篇文章写得毫无生气，甚至充斥着一种鬼鬼祟祟的气氛，就好像它讨论的是一些令人羞耻的事情。

如果那里的岛民真的知道关于"**永生的秘密**"的事情，图书馆里一定会有更多关于他们以及这个秘密的记载，难道不是这样吗？

第二天早上，驱使着我走向码头的大概只是固执，也许也是因为我不想回到那个脾气暴躁的旅行社业务员那里，向她承认我的错误。

不过当我看到我将乘坐的轮船之后，心情好转了很多。这是一艘很漂亮的小型定期船，拥有大约三十个头等客舱。每次的航程为期两周，它将会到达爱雅西方的几个岛屿，然后再返回大陆。她的姐妹船将在一周之后返航，刚好可以将我送回大陆。或者，也许我可以待在船上度过两周？船员们对此没什么意见。他们对待这些事情的态度很不正式，甚至显得懒洋洋的。我感觉因迪人普遍精神消沉，难以集中注意力。但是和我同船的旅客也没什么太高的要求，而且船上供应的鱼片色拉非常不错。我在甲板上度过了两天，沐浴着阳光和海风，看着翱翔的海鸟，跃出水面的红色大鱼，还有海面上空半透明的风向标。

第三天一大早，我们看到了爱雅岛。在海湾的入口处，我们确实闻到了沼泽的难闻气味，但在与船长交谈一番之后，我决定还是下船去看看这个岛。

船长是个六十岁左右的男人，他告诉我，这座岛上确实有不朽者。他们并不是生来就不会死的，但是被岛上的苍蝇叮咬过之后，就可能会变成不朽者。他认为那是一种病毒。"你需要做一些预防措施，"他说，"让人变成不朽者的疾病是很罕见的。据我所知，最近一百年之内都没有新的病例——也许这时间还更长。但你不能冒险。"

我犹豫了一会儿，但最终还是使用尽可能委婉的措辞——尽管委婉这种东西对于翻译器来说是很难实现的——询问他，是否有人**想要**逃脱死亡的宿命，因此来到这座岛上**希望**被苍蝇叮咬呢？莫非要成为不朽者就要付出一些我还不知道的高昂代价吗？

船长思索着我的问题。他说话很慢，那平和的语调简直就像一个悲伤的人。"我想是这样的，"他说。他看着我，"你可以自己判断，"他说，"等你到了那里之后。"

他不会再说更多了。一位船长就是有这样的特权。

船并没有开进海湾里，有一艘小艇从岸边过来了，负责将下船的旅客送到岛上去。其他的旅客连舱门都没出。我从船上租了一套从头蒙到脚的薄纱披在身上，沿着软梯爬到小艇里面。只有船长和另外两个水手在甲板上看着我爬下绳梯。船长向我点点头。其中一个水手向我挥着手。我被吓坏了。没有任何人能帮助我，因为就连我自己也不知道我在害怕什么。

将船长和珀斯特万的说法综合在一起，似乎要成为不朽者，代价就是患上那种可怕的尤德莱巴病。但是并没有任何直接的证据可以证明这个想法，而我的好奇心又非常强烈。在我的国家里，如果有一种可以让你不会死的病毒，将会有大笔的投资用于研究它，科学家们将会改变它的基因，去除它附带的不良效果，不管是脱口秀还是新闻节目的主持人都会不断地谈论它，罗马教皇以及其他宗教界人士肯定也会发表讲话；与此同时，那些大富豪不仅将垄断它的市场，更会垄断它的供应。这样一来，他们与你我这些普通人的差距就更大了。

令人好奇的是，这些事情一件都没有发生。因迪人显然对于长生不死毫无兴趣，就连图书馆里都没有这方面的资料。

但现在，随着小艇逐渐接近小镇，我发现那个旅行业务员并没有完全说实话。这里曾经有过宾馆——两座很大的楼房，每座都有四层楼高。不过它们看起来已经荒废了，招牌歪歪斜斜，窗子不是空空荡荡，就是被钉上了木板。

小艇的驾驶员是个害羞的年轻小伙子，虽然他的薄纱包得很严实，不过还是看得出他长得还是不错的。他向我的翻译器说，"要去寻宝者小屋吗，女士？"我点点头，于是他将小艇平稳地停在码头北端的小型停泊处。码头区看起来也相当地破败。没有大船在这里停泊，只有两艘拖网渔船或捕蟹船。我踏上码头，紧张地搜寻着苍蝇的踪迹，不过现在并没有苍蝇出现。我将两元雷德罗作为小费给了那个船夫，他非常感激，于是他将我带进一条同样非常破败的街道，一直来到寻宝者小屋。这个旅店中有八九个破旧的小木屋，经营者是个情绪低落的女人，她说话很慢，但中间没有任何停顿。她说，你住四号屋那里的纱窗最好早餐八点钟晚餐七点半钟住一晚十八元雷德罗你要午餐盒饭吗每份一点五元雷德罗。

其他小屋都没人住。盥洗室中不断传出轻微的漏水声，**滴……滴……**，但我无法找到它究竟是从哪儿传出来的。晚餐和早餐放在托盘中送到房间门口，还能下咽。白天热起来的时候，苍蝇也出现了，但并不像我想象的那样密集。纱窗将它们阻挡在室外，我身上的薄纱也能防止它们叮咬我。那是一些个头很小的棕色苍蝇，看起来相当地弱小。

那天的余下时间和第二天早上，我都在小镇中漫无目的地闲逛。这个小镇似乎是没有名字的。我发现，这里的人比其他地方的因迪人更为沮丧和消沉。岛民们非常冷漠，了无生气。我思索着"了无生气"这个词，不由得感到震惊。

我意识到，如果我不能鼓起勇气去问问题的话，唯一的后果只能是在这里浪费整整一周的时间，并变得和当地人一样消沉。我看到那个年轻的船夫正在码头上钓鱼，于是就走过去和他交谈。

"你能告诉我关于不朽者的事吗？"在几句断断续续的寒暄过后，我问道。

"哦，大部分人只是在附近走来走去，寻找它们。在树林里。"他说。

"不，我不是说钻石，"我一边说，一边检查我的翻译器是不是出了什么毛病，"我对钻石并不感兴趣。"

"现在没人对它们感兴趣了，"他说，"以前这里有很多游客和寻宝者。我猜他们现在都做别的事情去了。"

"但是，我读过一本书，上面说这里有一些人能够活很长很长时间——事实上，他们不会死。"

"是的。"他平静地说。

"镇子里有不朽者吗？你认识他们中的一个吗？"

他检查了一下钓线。"呃，不认识，"他说，"我祖父那一代有一个新的不朽者，但是它到大陆去了。那是个女人。我猜，村子里有一个老的。"他向岛屿的内陆方向点头示意，"我母亲曾经见过它一次。"

"如果你能的话，你愿意长长久久地活下去吗？"

"当然！"他说。因迪人最热情的时候也不过如此了，"你知道。"

"但是你不愿意变成不朽者。你身上披着薄纱。"

他点点头。他显然不认为这有什么值得讨论的。他戴着薄纱织成的手套，在钓鱼。他透过薄纱的面罩来看世界。这就是生活。

　　杂货店的老板告诉我，从这里只需半天就可以走到那个村子，并且为我指明了路径。我那垂头丧气的房东太太为我做了午餐盒饭。第二天早上我就出发了，走出小镇，就看到了虽然不很密集，却到处都有的苍蝇群。道路两旁都是低洼的沼泽，非常无聊。但是太阳温暖宜人，苍蝇也最终放弃了叮咬我的企图。令我惊讶的是，还没到吃午餐的时间，我却已经到达了那个村子。岛民们一定走得很慢，而且也不常走路。这一定就是他们所说的那个村子了，因为根据他们的语气推测，岛上并没有其他的村子。就是"那个村子"，仍然没有名字。

　　这个村子看起来又小又穷困，只有六七间茅屋，有点像俄式木屋，用木头柱子支起来，远离潮湿的地面。某种看起来很像珍珠鸡但颜色却是棕色的家禽到处乱跑，发出柔和的噪音。在我接近村子的时候，两个小孩跑到屋子里藏了起来。

　　就在那里，村中的水井旁边，正是那个珀斯特万曾经描述过的人，我现在才意识到他的描述真是分毫不差——它没有腿，没有性征，那张脸几乎看不出相貌，而且它显然看不见东西；身上的皮肤就像烤得很焦的面包，还有浓密、纠结、污秽的白色长发。

　　我停下脚步，完全被吓呆了。

　　那两个小孩藏身的茅屋中，走出了一位妇女。她从摇摇晃晃的台阶上走下来，一直走向我。她对我的翻译器打了个手势，我下意识地将它送到她面前,好让她对我讲话。

"你是来看不朽者的。"她说。

我点点头。

"二点五元雷德罗。"她说。

我取出钱交给了她。

"请这边走。"她说。她身上的衣服很破旧,而且也不干净,但她本人还算得上是个好看的女人,大约三十五岁左右,很特别的是,她的声音和动作中有一种此地的其他人所没有的果断和活力。

她直接引导着我走向水井,在那个不朽者面前停下,我这才看清原来它是被放置在一条帆布渔夫椅上面的。我无法去注视它的脸,也不敢去看它那严重变形的手。而另一条手臂肘关节下面的部分完全没有了。我不由得转开目光。

"你现在看到的就是我们村的不朽者,"她显然是曾经多次重复过这段解说词,"它和我们在一起已经有很多个世纪了。在一千多年以前,它就属于罗亚家族。照料不朽者是我们家族的责任和荣耀。喂食的时间是早上六点和晚上六点。它只喝乳制品和大麦汤。它食欲很好,健康状况良好,没有疾病。它没有尤德莱巴病。它的双腿在一千年前的一场地震中失去了。在罗亚家族照顾它之前,它还曾遭过火灾和其他伤害。在我的家族传说中,不朽者以前是一个英俊的年轻小伙子,他在沼泽打猎为生,度过了比普通人的生命长很多倍的时间。据说他是在两三千年以前变成不朽者的。不朽者听不到你说的话,也看不见你，但如果你为它的健康祈祷，或者为它捐赠一些东西，它会非常高兴，因为它只有依靠罗亚家族才能获得食物和庇护。非常感谢你。我会回答你的问题。"

过了一会儿，我说："它不会死。"

她点点头。她的脸上没有表情，但不是因为她没有感情，只是她不会随便显露她的感情。

"你没披薄纱，"我突然意识到这件事，"孩子们也没有。难道你——"

她再次摇摇头。"那太麻烦了，"她用平静的语气说，"孩子们总是把薄纱扯坏。无论如何，我们这儿并没有苍蝇。它是唯一的。"

的确，苍蝇似乎都停留在小镇里，以及小镇周遭大量施肥的田地。

"你是说同一时间只能有一个不朽者？"

"哦，不是这样的，"她说，"周围有很多其他的不朽者。在地下。有时候人们会发现它们。纪念品。那些真正古老的不朽者。我们这个还很年轻，你知道。"她看着不朽者的眼神疲倦而慈祥，就像一个母亲看着她不成器的孩子。

"钻石？"我说，"钻石是不朽者？"

她点点头。"是经过了很长时间之后的不朽者，"她说。她将目光转向村庄周围遍布沼泽的平原，然后又转到我身上。"去年，有一个从大陆来的人到了这里。是个科学家。他说我们应该把我们的不朽者埋起来。这样它就会变成钻石，你知道。但转化的过程需要几千年。在几千年当中，它会又饿又渴，没有人照料它。把一个活着的人埋起来是不对的。照顾它是我们家族的责任。没有旅游者会来这里了。"

这次轮到我点头了。这种情况下的道德标准远远超过我的理解力，但我接受她的选择。

"你愿意为它喂食吗？"她显然有点喜欢我了，因为她对我笑了。

"不。"我不得不承认，这时我的眼泪不受控制地流了出来。

她走近我，轻拍我的肩膀。"这是非常，非常悲哀的一件事，"她说。她再次微笑了，"但是孩子们喜欢为它喂食，"她说，"你给的钱也能帮上忙。"

"谢谢你的好意，"我擦拭着自己的眼睛，又给了她五元雷德罗，她感激地接受了。我转过身，穿过沼泽回到小镇，在那里又等了四天，然后乘坐那个好看的小伙子的小艇，搭上从西边返航的班轮，我就这样离开了不朽者之岛，很快又离开了因迪位面。

科学家们说，我们是一种碳基生命形式，但我不知道一个人的身体是如何转变成钻石的，这里面一定有一种精神因素，也许这正是忍受了无尽的痛苦之后的结果。

也许"钻石"只是因迪人对于那一团团毁灭的块状物的代称，某种委婉的说法。

我仍然不能确定，当村中的那个女人说"它是唯一的"这句话的时候，她究竟是什么意思。她不是指不朽者。她是在解释为什么她没有用薄纱来防止她自己和孩子们受到苍蝇的叮咬，为什么她认为不值得为了阻止变成不朽者的风险而花费这么多精力。她很可能是想告诉我，在岛上的沼泽中虽然有着大群的苍蝇，但其中却只有一只不朽的苍蝇，用叮咬的方式赋予受害者永恒的生命。

尤尼的混乱

我听说过一些在任何情况下都不应前往的位面。有些时候，在沉闷的机场酒吧里，邻桌的人们低声交谈着一些诸如此类的话："我和他说过那些宁根人对麦克道尔做了些什么"或者"他以为他能应付瓦维祖亚人"。通常在这个时候，扩音器里就会响起一个尖锐刺耳的声音："前往（噪音）的（噪音）班机现在开始登机，（噪音）登机口，"或者"（噪音）请到（噪音）接免费电话。"这声音把其他的说话声全都淹没了，也夺走了那些坐在金属椅腿、固定在地板上的蓝色塑料椅子上昏昏欲睡的可怜人仅有的睡意和希望，宣告了这些人想在两班飞机之间小睡一会儿的梦想彻底破灭。邻桌人们的对话也听不见了。当然，他们很可能是为了给自己的平淡生活增添一点魅力而自吹自擂：如果他们所提到的宁根和瓦维祖亚真的像他们所说的那么危险的话，位面管理局肯定会警告人们不要到那里去——就像他们向那些有意访问祖埃赫的人发出警告一样。

众所周知，祖埃赫位面非常地脆弱。对于我们这些质量和强度正常的游客而言,只要轻轻一碰就会使得祖埃赫人的精美物品粉碎,而且也许还会使整个居民点都遭到毁灭的命运,从而极大地影响东道主的生活幸福。祖埃赫人视为至宝的亲密关系在无知无畏的入侵者那富于破坏性的重量之下将会遭到致命的创伤,永远无法修复。与此同时,这个入侵者所遭受的惩罚最多不过是突然又回到了原来所在的位面,有些时候位于奇怪的地方,有些时候是大头朝下。这种情况当然是令人尴尬的,不过,机场里毕竟都是些陌生人,所以羞耻感也不是很强烈。

我们每个人都想瞧瞧罗南的《位面旅行手册》中配以彩色照片详细介绍的涅兹霍阿的月长石塔楼、塞祖浓雾中的无尽草原及阴暗的森林,还有祖埃赫的那些漂亮的男人和女人——他们的衣服和身体都是半透明的,眼睛是浅灰色的,头发纤细得连手触碰到都感觉不出来,发色则像是失去光泽的白银。非常遗憾我们不能够访问这样一个美丽的位面,不过能听到其他人对他们的描述也已经足够幸运了。不过,也仍然有些人会前往那里。一般自私的人会提出一个普通的借口:他们与**其他**那些入侵者不一样,他们是不会破坏任何东西的。而那些极其自私的人前往祖埃赫只是为了吹嘘,因为那里非常脆弱并且容易毁坏,所以在这些人看来是成就他们丰功伟业的最佳选择。

至于祖埃赫人自己,他们太过文雅了,同时又沉默寡言,说话含糊,以至于无法拒绝其他人的来访。在他们那种含义模糊的语言当中甚至连陈述句都没有,命令句就更不用说了。他们只会使用条件状语。他们有一千种方法来表达也许、可能、除非、尽管、如果这类意思,但从不会明确地说"是"或"不"。

所以,位面管理局在祖埃赫位面的入口处设置了一张又大又强韧的尼龙网,取代了一般状况下的宾馆。任何一个到达祖埃赫的人都会掉进网中,即使是无意中来到这里的人也不能幸免。这些人会被喷上羊用防腐浸液,得到一本简明易懂的小册子(上面以四百四十二种不同的语言写着警告语),然后立刻送回原来的那个不那么诱人却更结实的位面,与此同时,位面管理局还会确保他们回到原位面时是处于大头朝下的状态。

只有一个位面是我本人真心不建议其他人前往的,而我自己也肯定不会再次回到那里。我不清楚那个地方是不是真的很危险。对于危险我没有判断力。只有勇敢的人才能判断是否有危险。对于某些人来说,惊惧的颤抖是生活中的调味品,但我得说这种调味品完全不合我的口味。当我受到惊吓的时候,再好的食物吃起来也跟锯末没什么区别(性行为使身体和灵魂处于脆弱状态,我不怎么需要),话语毫无意义,思路无法连贯,感情遭到麻痹。我知道,胆小到这个程度可以说是极不寻常的。许多人在极端的状况下感觉到的惊恐——比如牙齿咬着一根快断的绳子悬在半空中,绳子用回形针别在一个漏风的热气球上,热气球底下是大峡谷——我光是站在梯子上的第三级试图把小米放到喂鸟器里就有同样程度的感受。而且,大部分人都觉得恐惧让人愉快,以至于在盆骨骨折刚刚痊愈之后不久就去参加跳伞运动。与此同时,我则缓缓地从梯子的第三阶上爬下来,紧紧抱住走廊边的栏杆,发誓永远不会来到高出地面六英寸以上的地方。

所以，除非绝对必要，我决不会搭乘飞机，而当我真的被困在机场里的时候，我也不会前往那些危险的位面，而只会去那些非常平凡、沉闷、复杂的位面。在那样的地方我起码不会被吓得灵魂出窍，只会受到普通程度的惊吓，而对于胆小鬼而言，大部分时间都是处于这个精神状态，所以这也就没什么要紧了。

有一次我在丹佛机场错过了转乘的航班，在等候的时候，我跟一对和蔼可亲的夫妇谈了起来，他们俩曾经去过一个叫作尤尼的位面。他们告诉我说那是一个"不错的地方"。他俩都有五十岁左右，男的带着一个昂贵的便携式摄像机以及其他碍事的电子设备，女的则穿着长筒袜和非常保守的白色女式凉鞋。我觉得他们似乎不是那种喜欢危险地方的人。我真的很愚蠢。我本应注意到一个危险的信号：他们的表达能力不怎么强。"许多人都去那里，"男人说，"但是那里和这里很像。不是那种特别像**外国**的地方。"他的妻子补充道，"那就像童话书中的世界！就像你在电视里看到的那种地方。"

就连这句话都没能引起我的警惕性。

"天气很不错。"女人说。她的丈夫纠正道，"不过有点易变。"

那倒也没什么。我身上带着防水风衣。我要转乘的飞往孟菲斯的班机在一个半小时之内都不会到港。于是我就去了这个尤尼位面。

我走进位面旅行者旅馆。柜台上有个牌子，上面写道：**欢**

迎我们来自星界的朋友们！柜台后面的一个身形魁梧、面色苍白的红发女人给了我一个翻译器和一张本城的导览地图，但同时又指向一个大招牌：来体验一下我们的虚拟现实导游吧！每二十 iz!mit 一次。

"不容错过。"她说。

对于"虚拟体验"这类字眼，我通常选择回避，因为这意味着你即将看到的东西是在天气非常好的时候制作的，而排除了任何不同寻常的可能，毫无疑问他们不会为你提供任何真实的信息。但是，两个面色苍白、身形魁梧的职员以友善但不由分说的态度将我领到了虚拟现实房间，我没有反抗的胆量。他们为我戴上头盔，替我裹上包覆衣，我的四肢也被塞进了长手套和紧身袜里。然后我就在那里坐了大约一刻钟，等待节目的开始，努力对抗幽闭恐惧症。我呆呆地瞅着眼睛里面乱七八糟的颜色，开始思索所谓的 iz!mit 究竟是代表多长时间。莫非这个词的单数形式是 iz!m？或者，可能复数格式是以前缀的形式出现，单数形式应该是 z!mit？尽管如此，还是什么事都没有发生。对于语法的猜测根本毫无意义，我暗自咒骂了一句，然后挣脱了虚拟现实装备的束缚，因为有点罪恶感而故作冷淡地走过那些职员的身边，穿过盆栽的灌木到了外面。不管是在哪个位面，宾馆门口的盆栽灌木都是一模一样的。

我看了看我的导览地图，决定去观赏一下艺术博物馆，地图上有表示推荐程度的三颗星。天气晴朗凉爽。城镇中的建筑物都是由灰色石块构成，屋顶上则铺着红色的瓦，整体市容看起来非常古老，相当地安稳、繁华。人们走来走去，为自己的事情奔忙着，没有人注意到我。尤尼人好像全都是一个样子：身材魁梧，面色苍白，红头发。所有人都穿着外套、长裙和厚靴子。

我在一座小公园当中找到了艺术博物馆，于是我便走了进去。博物馆中陈列的绘画大多数都是身材魁梧、皮肤苍白的红发女人，一般都是裸体的，也有几个穿着靴子。仅从绘画的技法来说，这些画都不错，不过它们根本没法引起我的共鸣。我正打算离开此地，却被卷入了一场讨论当中。一幅画面前有两个人正在争论，我认为他们都是男的，不过所有人都穿着同种样式的外套、长裙和靴子，所以这一点其实很难判断。我看了看那幅画，上面画的是一个丰满的红发女人，她赤身裸体但脚上却穿着一双靴子，躺在一张鲜花盛开的躺椅上。正当我走过他们身边时，其中的一个人转向我，对我说了一番话，在我的翻译器翻译起来是这样的："如果说这个人物是在后方背景映衬之下的中心设计元素，你就不能将这幅画仅仅视为一种对表面反射背景光的习作，难道不是这样吗？"

他（或她）提出这个问题的语气非常直率、急迫，所以我不能简单地说一句"抱歉"或者摇头假装听不懂，企图以此蒙混过关。我再次抬头看了看这幅画，过了一会儿，我说："呃，那可能是没有用处的。"

"但是，听听木管乐器的声音。"另外一个人说道，而我意识到背景音乐正是一首管弦乐曲，此刻的主旋律是由凄切的管乐器所演奏，也许是双簧管或者巴松管的高音区。"主题显然已经改变了。"此人的声音似乎太大了一点。坐在我们后面的一个人向前倾身，口中发出嘘声，而坐在我们前面的一个人则转过身来怒视着我们。我很尴尬地坐在那里听完了这首曲子，曲子本身倒称得上悠扬，不过这次主题的改变使前后两部分显得不是那么连贯。另外，我一般不会注意到主题改变这种事，除非是在我正在哭泣而又不知道为什么要哭的时候。这时有一位男高音歌唱家（也可能是女低音）突然站了起来，依照曲子的旋律唱起歌来，声音相当嘹亮，把我吓了一跳，之前我一直没发现座中还有这号人物的存在。歌曲的最后一个音节漫长而又高亢，听众席上响起暴风骤雨般的掌声。听众们一边吼叫，一边鼓掌，强烈要求歌唱家再来一首。但是从西边的丘陵上面吹来一阵狂风，把小广场周围的树都吹得弯下了腰，我看到天空上迅速聚集的乌云，意识到一场暴雨迫在眉睫。云层显得越来越黑，又一阵狂风吹了过来，卷起了地上的灰尘、落叶还有垃圾，我觉得我最好还是把防水风衣穿上。可是，我把它留在艺术博物馆的衣帽间里面了。我的翻译器就夹在上衣夹克的领子上，但那张导览地图在风衣的口袋里。我来到一座看起来像是个火车站的建筑里面，向那里的办事员询问何时才能搭乘火车，铁栏杆后面的一个独眼男人说道："我们这里已经没有火车了。"

我转过身，看到了车站的巨大拱形屋顶，还有很多条似乎是无限地伸展着的轨道，每条轨道都有编号。站台上有一辆装行李的手推车，远处还有一个单身旅客慢慢悠悠地沿着长长的站台向前走去，但是整个车站里连一列火车都没有。"我得找回我的风衣。"我有些恐慌地说。

"去失物招领处看看。"独眼办事员说完之后，就又埋头于各种文件和表格当中。我穿过巨大而空旷的车站，朝车站的入口走。经过一间饭店和一间咖啡厅，我发现了失物招领处。我走进去，说："我把我的风衣放在了艺术博物馆，但现在我找不到艺术博物馆了。"

柜台里面的一个魁梧红发女人说："稍等。"语气显得有些厌烦。她在柜台里面翻找了一阵后，将一张地图递了过来。"这里。"她用苍白、粗壮、指甲染成红色的手指指着地图上的一个广场，"艺术博物馆就在这儿。"

"可我不知道我在哪里——这是哪里。这个村庄。"

"这里，"她指着地图上的另外一个广场。看起来这里离艺术博物馆少说也有十条街那么远，"最好趁着构造还存在的时候赶快回去。今天有风暴。"

"我能拿走这张地图吗？"我可怜巴巴地说。她点了点头。

我走出车站来到街道上。现在的我对于这些街道没有丝毫的信任感，只敢小步前进，生怕脚下的人行道会突然变成大裂谷，或者面前突然冒出一座峭壁，或者前面的十字路口突然变成了航行于海中的船甲板。但事实上什么事也没有发生。城市中的街道又宽又平坦，每隔固定距离就有一个路口，路旁没有树。路上非常安静，公共电车和出租车几乎没什么噪音，而一路上我也没见到任何私家车。我继续向前走。依照地图的指示，我顺利地返回了艺术博物馆，不过，在我印象中，门前的台阶应该是绿色和白色相间的大理石所制成，现在却成了黑色的石板。所幸其他东西都与我的记忆没什么矛盾。通常来说，我的记忆力非常糟糕。我走了进去，请衣帽间的职员为我找寻风衣。正当那个黑头发、银色眼睛、嘴唇淡青色的女孩翻找衣物的时候，我却突然想到一个问题：在火车站里我为什么会去问那个独眼人下一班列车的时间呢？我那时候以为自己要去哪里？我只不过想回到艺术博物馆，取回我的风衣罢了。如果那里恰巧有一列火车，我可能就上车了。那样的话，我现在会在哪里呢？

取回衣服之后，我连忙穿过陡峭的鹅卵石道路，在路旁房屋的宽大阳台遮蔽下走进了瘦得吓人、嘴唇乌青的尤尼人中间。我打算返回位面旅行者宾馆问个清楚。空气中似乎弥漫着一股雾气，而且这雾气正变得越来越浓，城镇周围的山上和房屋的尖顶上空都有这雾气的存在。也许有问题的正是这里的空气。也许这股雾气是尤尼人所使用的致幻剂散发出来的，或者是某种飘浮在空气里的花粉。总之，这里的空气中有一种能影响人心智的东西存在，或者——这个念头非常令人厌恶——有什么东西把人的部分记忆给删去了，所以我才会感觉到各种事情发生的顺序全都变得混乱不堪，记不起来自己怎么会身在此处，也不知道在这段期间里发生了什么事。而且，因为我的记忆力本来就不怎么样，所以我很难判断自己的记忆是否遭到了删改。从某种角度来说，这就像是梦境一般，但我又显然不是在做梦，只不过非常迷惑，而且越来越提高了警惕。因而，尽管天气又潮湿又寒冷,但我也不敢停下来穿上风衣,只是一边哆嗦着,一边走进了面前的森林里。

我嗅到了木头燃烧时释放出的烟味,在潮湿的空气中这味道显得特别芳香。很快,我看到有一道光芒穿过前面几乎触手可及的迷雾。小路旁边现出一座伐木者小屋,小屋旁边有个菜园。那金红色的火光正是从小窗子里透出来的,烟囱里冒出一股股青烟,形成一幅寂寞而又朴实的景象。我敲了敲门。过了一会儿,一个老头把门打开了。他是个秃头,鼻子上还长了个很大的瘤子,手里则拿着一只煎锅,锅里的香肠正在欢快地吱吱冒油。"你可以许三个愿望。"他说。

"我希望能找到位面旅行者宾馆。"我说。

"你不能许这个愿望,"老头说,"难道你不希望从我的鼻子里面长出这种香肠吗?"

我短暂地考虑了一会儿,然后说:"不。"

"那么,你到底想许什么愿望呢?回位面旅行者宾馆这个愿望不算。"

我又考虑了一下,然后,我说:"在我十二三岁的时候,我经常考虑如果有人让我许三个愿望的话我该怎么办。我想我应该说,**我希望我能健康地活到八十五岁,写一些非常好看的书,然后,我可以安安静静地死去,因为我爱的所有人都健康快乐地活着**。我知道这是一个非常愚蠢、非常惹人讨厌的愿望。太过现实主义而且自私。只有胆小鬼才会许这样的愿望,而且我自己也知道这愿望也根本不公平,那些人绝对不可能允许我许下这样的愿望。另一方面,假如这个愿望能得到满足,我剩下的那两个愿望还有什么用处呢?所以这个时候我就会想,我可以用剩下的两个愿望来让世界充满幸福,或者停止战争,或者让世界上的所有人明天早上醒来的时候都开开心心,一整天彼此相亲相爱,不,一整年,不,直到地老天荒。但到了这个时候,我就会明白这些毕竟都只能是美好的愿望罢了。只要这些愿望都还是愿望,它们就会有意义,甚至会有用处,但它们绝对不会成为愿望之外的其他东西。不管我做什么,都不可能获得超越我自己能力之外的结果,坚战王[1]发现天国与他的期望并不完全一致时也是这么说的。有些关卡即使是最勇敢的马儿也无法一跃而过。假如愿望可比作马,那么我会养一大群那种沙毛的、灰毛的美丽野马,它们不会被套上缰绳和马镫,更不会被任何人制服,永远在绿色的原野、红色的高原、蓝色的山脉上奔驰。可是,胆小鬼只能骑着眼睛是画上去的木马蹦蹦跳跳,一辈子在游戏室原地蹦蹦跳跳。那些原野、高原和山脉只存在于自己的眼睛里。所以,不要管什么愿望了。给我一根香肠。"

  我和那位老人一起吃了一顿饭。香肠极其美味,而土豆泥和油炸洋葱的味道也非常不错。称得上是一顿美妙的晚餐。饭后,我们在友好的气氛中沉默地坐了一会儿,一起看着炉子里的火焰。然后,我对他的好意表示了感谢,并询问他应该怎么走才能回到位面旅行者宾馆。

---

[1] 印度史诗《摩诃婆罗多》中的主人公。

"这可是个混乱的夜晚啊，"他坐在摇椅里摇晃着。

"我明早必须到达孟菲斯。"我说。

"孟菲斯，"他似乎在考虑着什么，而且在我听来，他说的好像是"孟菲诗"。他又摇晃了一下，说，"啊，那好吧。你最好往东走。"

与此同时，一大群人从里屋冲了出来，我之前从没注意到屋子里还有这么一帮人。他们个个都是蓝色皮肤，银色头发，身穿晚礼服和露肩舞蹈服装，脚踏尖头皮鞋。这些人有的在刺耳地争吵，有的在纵声大笑，有的做出夸张的姿态，有的则使劲儿地眨着眼睛。每个人手里都拿着一个酒杯，所有的杯子里都是某种像油一样的液体，还泡着一片橄榄叶。因为屋子里出现了这样的家伙，我一分钟都不想多待，所以连忙冲了出去。不过，这个夜晚的混乱似乎只体现于那位老人的小屋里面，室外的情况到目前为止还是相当平静的，天上升起了半个月亮，月光照耀着平静的黑色水面，还有宽阔的弧形沙滩。我听到了浪潮的声音。

因为我不知道哪个方向是东，所以我开始向着自己的右边走，因为对我来说，总是会以为东方就在右边，西方就在左边，也就是说不管什么时候我肯定是面向北的。海水非常诱人，我脱下鞋子和袜子，赤着脚走在沙滩上，海浪温柔地抚摸着我的双脚。一切都异常地平静，所以当我遭遇突然出现的噪音、强烈光芒和热番茄汤的时候完全没有心理准备。突如其来的打击让我跌坐在地，我竭力爬了起来，发现自己是在一艘船的甲板上，天上大雨倾盆，周围的海面上波涛起伏，还有大量的白泡沫，也许那些白色的东西是海豚的头，我辨别不清。舰桥上有个人在猛烈地吼叫着一些我无法理解的命令，船上的警报器则以更为巨大的声音尖啸不停，这意味着这艘船马上就会撞到冰山。"我希望我现在是在位面旅行者宾馆！"我呼喊着，但我那微不足道的声音立刻就被周遭的喧嚣给吞没了，而且我从来就不相信什么三个愿望的故事。我的衣服已经被番茄汤和雨水给浸透了，我感到极其不舒服，这时，一道闪电落了下来——是绿色的闪电，我只在书中读到过这种事情——它发出嗞嗞的声音，跟煎锅里的炸香肠发出的声音差不多。闪电落在我面前大约五码处，只听得噼啪一声脆响，船从正中间裂成了两半。我们幸运地在这个时候撞到了冰山，它刚好楔进了裂开的船中间那条缝里。我爬上船舷，离开了让我心惊胆战的甲板，又从船舷上跳到了冰山上。我在那里眼看着船的两个碎片被冰山挤得越来越远，同时还在缓慢地下沉。很多人逃到了甲板上，他们身上都穿着蓝色的游泳衣，男人们仅有一条短裤蔽体，女性则穿着连体式的泳衣，就像奥运会上的运动员。有些人的游泳衣上饰有金色的条纹，显然代表其主人处于高人一等的地位，因为这些穿着蓝金相间游泳衣的人似乎在发号施令，而穿普通蓝色游泳衣的人则迅速地执行了前者的命令。他们将六艘救生艇放进海里，左右两边各三艘，然后秩序井然地爬进救生艇中。最后一个登上救生艇的是一个男人，他穿的游泳裤上面的金色条纹特别多，几乎都看不出有蓝色的存在。等到他安然进入救生艇的时候,船的两个半边都静静地沉到了海面以下。所有的救生艇整齐地排成两列,上面的人开始划桨,试图离开周围那些长着白色鼻子的海豚。

"等一下,"我喊道,"等一下!我怎么办?"

没有一个人回头看一眼。不久之后,救生艇就从我的视野当中消失了,只剩下眼前这片昏暗、愤怒、冰冷而又遍布海豚的海域。我没有任何事情可做,唯一的希望就是爬到这座冰山的顶上,看看我能看到些什么。我爬过了最艰苦的一段,很快就要到达顶峰了,这时我突然想起,彼得·潘坐在石头上的时候说了一句"死亡将会是一场伟大的冒险",或者说我记得他说过这么一句话。我一直认为彼得·潘是个非常勇敢的人,这句话所代表的对死亡的态度非常具有建设性,而且也许事实也就真的是这么回事。但目前我可并不打算验证这一看法。目前我只希望能立刻回到位面旅行者宾馆。可是,在我终于爬到冰山的最高点时,我根本就没看到任何的宾馆。我看到的只有灰色的海洋和海豚,灰色的迷雾和乌云,而且天色似乎越来越暗了。

所有其他事物、所有其他地方都很快变成了另外一个,可是为什么这里没有变呢?为什么这个冰山没有变成一片小麦田,或者一个炼油厂,或者一个小便池呢?为什么我被困在这上面了呢?难道我对此就没有任何办法吗?比如说,摸摸脚后跟,说一句"我要到堪萨斯!"之类的。说到底,这个位面究竟是出了什么**问题**呢?这可真是一个童话书里的世界!现在我的脚已经非常冷了,冰面上刮着凄冷的风,阻止我被冻成冰棍的就只有之前泼在我衣服上的热番茄汤残留的温度了。我必须运动。我必须做些什么。我开始尝试用自己的双手和双脚在冰面上挖出一个洞，将凸出的部分敲断，我拳打脚踢，大块的冰裂开了，我就把它们推到海里去。这些冰片落到海里的时候看起来就像海鸥或者白色的蝴蝶。这可真是帮了我大忙了。我现在非常生气，我的怒火使得冰山也开始融化了，它冒着烟雾，还发出轻微的滋滋声，我的愤怒让我变得又红又热，我就像一根热的拨火棍一样钻进了冰山的内部。这时，两个皮肤苍白的家伙慌慌张张地试图脱下我四肢上的长手套和紧身袜，我对他们怒吼道："你们干什么呢？"

他们非常尴尬，也非常担心。他们担心我会变成一个疯子，他们担心我会向位面管理局控告他们，他们担心我会跟其他人说尤尼位面的坏话。他们不知道虚拟现实体验机器究竟出了什么问题，但显然问题确实存在。他们已经联系到了程序员。

程序员身上只穿了一条蓝色的游泳裤，却戴着一副角质框眼镜。他只是简单地检查了一下机器，就宣称机器没有任何问题。他断言说，我的情况仅仅是由于很不巧的频率半重叠，造成了紊乱状态，那是一种精神波纹效果，是我的脑波和他们的程序互动时出现了一些问题。他说，这是一种反常现象。他说，这是由于一种抵抗作用。他的口吻暗示着对我的指责。我比刚才更加愤怒了，我告诉他和那些办事员，如果他们这台该死的机器出错，他们没有权利责备我，他们的选择只有以下这些：一，将机器修好；二，把它关掉，让游客们以真实的、反常的、抗拒的肉体来体验美丽的尤尼位面。

现在，宾馆的经理也出现了。这是一个身材魁梧、肤色苍白的红发女人，她身上什么都没有穿，只有脚上穿了一双靴子。办事员们穿的都是布料很少的洋装和靴子。而大堂的清洁工则穿了很多衣服，包括长裙、长裤、夹克衫、围巾和面纱。似乎对于尤尼人来说，地位越高的人穿得就越少。但我现在对他们的风俗习惯已经不感兴趣了。我怒气冲冲地瞪着这个经理。她一边敷衍地恭维我，一边和我进行带着威胁意味的道歉和讨价还价，这种人总是会这么做，她的意思无非就是想表明"如果你识相的话就照我说的做"。她告诉我，我在这座旅馆、以及尤尼位面的其他宾馆住宿全部免费，我可以免费坐火车去参观富有特色的 J!ma，我还将获得博物馆、马戏团、香肠工厂以及所有诸如此类的地方的优惠券，正当她还打算机械地继续说下去的时候，我打断了她。不，谢谢，我在尤尼位面已经待够了，我决定马上离开。我必须赶上去"孟菲诗"的航班。

"怎么走？"她脸上挂着一个令人讨厌的微笑。

这样一个简单的问题，让我感觉到了强烈的恐惧，我的身体就像被麻痹了一样，连呼吸和思考都几乎停止了。

我知道我是怎么来到这里的，我知道我是怎么来到其他位面的——在机场候机。

可是，机场是在我那个位面上，而不是在这里。我不知道**该如何返回机场**。

正如他们所说，我好像被冻成了冰块一般。

幸运的是，经理不过是想尽快把我赶走而已。我的翻译器的那句"怎么走？"实际上整句话是"怎么，走了？真遗憾"，不过是因为经理那紧绷着的肥厚嘴唇没把后面的部分说清楚而已。我的怯懦在错误的信号出现时立刻跳了出来，让我的大脑没法工作，连我的记忆都被删去了。就像是当我害怕忘记人名的时候，我肯定会在那要把一个人介绍给其他人认识的时候忘记他的名字。

"请到这边的等候室来。"这名经理领着我穿过大堂，她赤裸的丰满臀部充满恶意地来回晃荡着。

当然，所有的位面旅行者旅馆或宾馆都有一个布置得跟机场一模一样的等候室，里面有一排排的固定在地面上的塑料椅子，还有一间没有座位的小餐厅，虽然现在它的门是关着的，但在外面却能闻到里面牛油的臭味。你旁边的座位上有个肌肉松弛的男人，冻出来的鼻涕在他的鼻子和嘴之间来回流着。还有一个大型显示屏，上面写着航班的到离港预计时间，正当你打算好好看看的时候，那些字却又都消失了，所以用不着指望在数千个不同的航班中找到你想转乘的那一班。就算你真的看到了你要乘的航班应该在哪个登机口登机，也不意味着你就可以一劳永逸了，因为登机口的位置会频繁地发生变化，这就表示你得到另一个候机厅里去，这样一来，很快就会把你搞得烦躁不堪——突然之间，你回到了丹佛机场。你坐在一张固定在地面上的椅子里，旁边坐着一个喉咙里咯咯作响的肥胖男人，此人正在读一本名叫《成功的高利贷》的杂志。四周弥漫着炸牛油的臭味，还有可怜的两岁小孩的哭喊。扩音器里传出一个高亢的女声，听到这声音，我眼前就浮现出一个身形魁梧、皮肤苍白、赤身裸体、穿着靴子的红头发女人形象。这个声音宣布，原定于四点（噪音）十分飞往"孟菲诗"的航班现已取消。

　　我能回到自己的位面就已经心满意足了。我现在不想往东走了。我想往西走。我搭上了一班飞往"洛杉鸡"的飞机，来到了这个美丽、平和而又理智的都市。住进宾馆之后，我洗了个很长时间的澡，洗澡水非常热。我知道用太热的水洗澡可能会使人心脏病发作而死，不过我愿意承担这个风险。